TRANZLATY

El idioma es para todos

Kieli kuuluu kaikille

La Transformación
(*La Metamorfosis*)
Muodonmuutos

Franz Kafka

Español
Suomi

www.tranzlaty.com

Primera parte
Osa yksi

Gregorio Samsa se despertó una mañana de un sueño intranquilo.
Gregor Samsa heräsi eräänä aamuna levottomiin uniin.
Se encontró en su cama, pero incapaz de moverse.
Hän huomasi makaavansa sängyssään, mutta ei pystynyt liikkumaan.
Se había transformado en una alimaña monstruosa.
Hän oli muuttunut hirviömäiseksi tuholaiseksi.
Estaba acostado boca arriba, sobre su espalda, que estaba dura como una armadura.
Hän makasi selällään, joka oli kova kuin haarniska.
Levantando un poco la cabeza podía ver su barriga.
Nostamalla päätään hieman hän näki vatsansa.
Pero su vientre estaba abovedado y dividido en segmentos.
Mutta hänen vatsansa oli kupumainen ja jakautunut osiin.
La manta descansaba encima de su vientre redondeado.
Peitto lepäsi hänen pyöreän vatsansa päällä.
Pero la manta estaba a punto de caerse por completo.
Mutta peitto oli lähellä valua kokonaan alas.
Sus piernas eran lamentables comparadas con su tamaño habitual.
Hänen jalkansa olivat säälittävät verrattuna niiden tavanomaiseen kokoon.
Y sus muchas piernas se movían impotentes ante sus ojos.
Ja hänen monet jalkansa välkkyivät avuttomana hänen silmiensä edessä.
"¿Qué me ha pasado?" pensó para sí.
"Mitä minulle on tapahtunut?" hän ajatteli itsekseen.
Pero no era un sueño del que no pudiera despertar.
Mutta se ei ollut uni, josta hän ei olisi voinut herätä.
En realidad era su propia habitación la que él se encontraba.
Se oli todellakin hänen oma huoneensa, jossa hän oli.
Un auténtico espacio para humanos, aunque un poco pequeño.

Oikea huone ihmisille, mutta hieman liian pieni.
Él yacía tranquilamente entre las cuatro paredes conocidas.
Hän makasi hiljaa neljän tutun seinän välissä.
Sobre la mesa había una colección de muestras textiles.
Pöydällä oli kokoelma tekstiilinäytteitä.
Samsa era un vendedor ambulante, de ahí las muestras.
Samsa oli kauppamatkustaja, mistä johtuu näytteet.
Encima de las muestras textiles desmontadas había una imagen.
Purettujen tekstiilinäytteiden yläpuolella oli kuva.
Recientemente había recortado la imagen de una revista.
Hän oli äskettäin leikannut kuvan lehdestä.
Había colocado el cuadro en un bonito marco dorado.
Hän oli asettanut kuvan kauniiseen, kullattuun kehykseen.
El cuadro enmarcado mostraba a una dama sentada erguida.
Kehyksissä olevassa kuvassa oli kuvattuna suorassa istuva nainen.
Llevaba un gorro de piel y tenía un manguito de piel.
Hänellä oli turkishattu ja turkismuhvi.
Ella estaba levantando su mano hacia el espectador de la imagen.
Hän nosti kätensä kuvan katsojaa kohti.
Todo su antebrazo desapareció dentro de su pesado manguito de piel.
Koko hänen kyynärvartensa katosi raskaaseen karvaiseen muhviin.
Gregor miró por la ventana el clima gris.
Gregor katsoi ikkunasta harmaata säätä.
Se podía oír fuertes gotas de lluvia golpeando la ventana.
Ikkunaan kuului raskaiden sadepisaroiden osuvan.
El clima gris lo hacía sentir muy melancólico.
Harmaa sää sai hänet tuntemaan olonsa hyvin melankoliseksi.
"¿Qué tal si duermo un poco más?" pensó.
"Entä jos nukkuisin vähän pidempään?" hän ajatteli.
"Dormir más podría ayudarme a olvidar estas tonterías".
"Lisää unta voisi auttaa minua unohtamaan tämän hölynpölyn."

Pero dormir más era completamente inviable.
Mutta nukkuminen pidempään oli täysin mahdotonta.
Porque estaba acostumbrado a dormir sobre su lado derecho.
Koska hän oli tottunut nukkumaan oikealla kyljellään.
Pero su estado actual le impedía realizar sus movimientos habituales.
Mutta hänen nykyinen tilansa esti hänen tavanomaiset liikkeensä.
No tenía forma de llegar a esa posición.
Hänellä ei ollut mitään keinoa päästä tähän asemaan.
Intentó con todas sus fuerzas lanzarse hacia su lado derecho.
Hän yritti parhaansa mukaan heittäytyä oikealle kyljelleen.
Probablemente intentó este movimiento cientos de veces.
Hän luultavasti yritti tätä liikettä sata kertaa.
Pero él siempre volvía a la posición supina.
Mutta hän keinui aina takaisin selälleen.
Cerró los ojos para no ver sus piernas inquietas.
Hän sulki silmänsä, jottei näkisi nykiviä jalkojaan.
Al final el dolor le impidió intentarlo de nuevo.
Lopulta kipu esti häntä yrittämästä uudelleen.
Un dolor sordo en el costado que nunca había sentido antes.
Tylsä kipu kyljessä, jollaista hän ei ollut koskaan ennen tuntenut.
«Oh Dios», pensó desesperado Gregorio Samsa.
"Voi luoja", Gregor Samsa ajatteli epätoivoisesti itsekseen.
¡Qué profesión tan agotadora he elegido para mí!
"Mikä vaativan ammatin olenkaan itselleni valinnut!"
"Día tras día tengo que viajar por trabajo".
"Päivästä toiseen minun täytyy matkustaa ympäriinsä työni vuoksi."
"El trabajo de oficina es mucho más fácil que trabajar fuera de casa".
"Toimistotyö on paljon helpompaa kuin tien päällä työskentely."
"Y tengo la maldición de tener que viajar."
"Ja minulla on se kirous, että minun täytyy matkustaa ympäriinsä."

"Todas las preocupaciones por llegar a tiempo a los trenes."
"Kaikki huolet siitä, ehtiikö juniin ajoissa."
"Mis horarios de comida son irregulares y la comida es mala".
"Ruokailuaikani ovat epäsäännölliset ja ruoka on pahaa."
"Mis amigos siempre están cambiando de ciudad en ciudad."
"Ystäväni vaihtuvat aina kaupungista toiseen."
"Las interacciones que tengo son frías y profesionales".
"Vuorovaikutussuhteeni ovat kylmiä ja ammattimaisia."
"¡Dejad que el Diablo se divierta con este tipo de trabajos!"
"Antaa paholaisen huvittaa itseään tällaisella työllä!"
Sintió un ligero picor en la parte superior del estómago.
Hän tunsi lievää kutinaa vatsansa yläosassa.
Se apoyó contra el poste de la cama, con la espalda.
Hän työnsi itsensä selällään sängynpylvästä vasten.
Quería poder levantar mejor la cabeza.
Hän halusi pystyä nostamaan päätään paremmin.
Encontró el punto que le picaba y le molestaba.
Hän löysi kutisevan kohdan, joka vaivasi häntä.
Su cabeza parecía estar cubierta de pequeños puntos blancos.
Hänen päänsä näytti olevan täynnä pieniä valkoisia pisteitä.
No podía decir qué eran esos pequeños puntos blancos.
Mitä nämä pienet valkoiset pisteet olivat, hän ei osannut sanoa.
Había planeado tocar el lugar con una de sus piernas.
Hän oli suunnitellut koskettavansa kohtaa yhdellä jalallaan.
Pero cuando tocó el lugar sintió un extraño escalofrío.
Mutta kosketettuaan kohtaa hän tunsi oudon kylmyyden.
Entonces inmediatamente retiró la pierna del lugar.
Niinpä hän veti jalkansa heti pois paikalta.
No tuvo más remedio que aceptar la sensación de picazón.
Hänellä ei ollut muuta vaihtoehtoa kuin hyväksyä kutinan tunne.
Y volvió a su posición anterior en la cama.
Ja hän palasi edelliseen asentoonsa sänkyyn.

"Despertarse tan temprano realmente te vuelve bastante estúpido".

"Näin aikaisin herääminen tekee ihmisen todella tyhmäksi."

"Un hombre debe dormir lo suficiente", pensó.

"Ihmisen täytyy nukkua tarpeeksi", hän ajatteli itsekseen.

"Los demás vendedores ambulantes viven una vida de lujo."

"Muut kauppamatkustajat elävät ylellistä elämää."

"Por la mañana transfiero los pedidos que he recibido."

"Aamulla siirrän saamani tilaukset."

"Mientras tanto esos señores todavía están desayunando."

"Sillä välin nuo herrat syövät yhä aamiaista."

"Imagínese si intentara hacer eso con mi jefe".

"Kuvittele, jos yrittäisin tehdä saman pomoni kanssa."

"Me despediría antes de terminar mi desayuno."

"Hän antaisi minulle potkut ennen kuin olisin syönyt aamiaiseni loppuun."

"Pero quizá eso tampoco sería lo peor."

"Mutta ehkä se ei olisikaan pahin mahdollinen."

"El problema es que mis padres me están frenando".

"Ongelmana on, että vanhempani pidättelevät minua."

"Si no fuera por ellos ya habría dimitido."

"Jos heitä ei olisi ollut, olisin jo irtisanoutunut."

"Me habría enfrentado al jefe y se lo habría dicho".

"Olisin noussut pomoa vastaan ja kertonut hänelle."

"Diría exactamente lo que pienso de él y del trabajo".

"Sanoisin tarkalleen, mitä ajattelen hänestä ja hänen työstään."

"¡Se caería del escritorio si le contara todo!"

"Hän putoaisi pöydältään, jos kertoisin hänelle kaiken!"

"Es muy extraña la forma en que se sienta en su escritorio".

"On hyvin outoa, miten hän istuu työpöydällään."

"La forma en que habla con sus subordinados no es correcta".

"Tapa, jolla hän puhuu alaisilleen, ei ole oikea."

"Y lo peor es que su audición es muy pobre".

"Ja pahinta on, että hänen kuulonsa on niin huono."

"Así que no te queda otra opción que sentarte muy cerca de él."

"Joten sinulla ei ole muuta vaihtoehtoa kuin istua aivan hänen vieressään."

Pero dicho todo esto, la esperanza no está completamente perdida todavía.

"Mutta kaikesta huolimatta toivo ei ole vielä täysin menetetty."

"Ahorraré el dinero para pagar la deuda de mis padres".

"Säästän rahat maksaakseni vanhempieni velat pois."

"No puedo hacer nada mientras todavía le deban dinero".

"En voi tehdä mitään niin kauan kuin he ovat hänelle velkaa."

"Pero cuando la deuda esté pagada definitivamente lo haré."

"Mutta kun velka on maksettu, teen sen varmasti."

"Probablemente tomará otros cinco o seis años."

"Se vie luultavasti vielä viisi tai kuusi vuotta."

"Sí, entonces definitivamente se hará la gran separación".

"Kyllä, silloin se suuri ero varmasti tehdään."

"Por el momento, sin embargo, debo levantarme de la cama."

"Minun täytyy kuitenkin nousta sängystä toistaiseksi."

"Porque mi tren sale a las cinco en punto."

"Koska junani lähtee kello viisi."

Gregor miró el despertador que sonaba sobre la mesa.

Gregor katsoi pöydällä tikittävää herätyskelloa.

"¡Padre Celestial!" pensó al ver la hora.

"Taivaallinen Isä!" hän ajatteli nähdessään kellon.

Las seis y media ya habían pasado silenciosamente.

Puoli seitsemän oli jo hiljaa ollut ja mennyt.

Y las manecillas del reloj seguían avanzando.

Ja kellon viisarit liikkuivat itsestään eteenpäin.

Y ahora se acercaba la cuarta hora menos cuarto.

Ja nyt kello lähestyi varttia vaille seitsemän.

"¿Quizás la alarma no sonó para despertarme?", pensó.

"Ehkä herätyskello ei ollut soinut herättääkseen minua?" hän ajatteli.

Desde la cama Gregor inspeccionó el despertador.

Gregor tarkasteli herätyskelloa sängystään käsin.

El despertador estaba programado exactamente para las cuatro.

Herätyskello oli asetettu oikein neljään.

No podía explicarlo, pero la alarma debió haber sonado.

Hän ei osannut selittää sitä, mutta hälytys oli varmaankin soitettu.

"¿Cómo pude dormirme a pesar de la alarma sin darme cuenta?"

"Miten nukuin herätyskellon yli tietämättäni?"

Cuando suena la alarma incluso sacude los muebles.

Kun hälytys soi, se jopa ravistelee huonekaluja.

Sabía que su sueño no había sido para nada tranquilo.

Hän tiesi, ettei hänen unensa ollut ollut lainkaan rauhallista.

Pero quizá por eso su sueño era mucho más profundo.

Mutta ehkä juuri siksi hänen unensa oli paljon syvempää.

Tenía que pensar qué debía hacer ahora.

Hänen täytyi miettiä, mitä hänen nyt pitäisi tehdä.

El siguiente tren no salía hasta las siete.

Seuraava juna lähti vasta seitsemältä.

Coger ese tren sería casi imposible.

Junan ehtiminen olisi lähes mahdotonta.

Y aún no había empacado los textiles que necesitaba.

Eikä hän ollut vielä pakannut tarvitsemiaan tekstiilejä.

Tampoco se sentía especialmente fresco y ágil.

Hän ei myöskään tuntenut oloaan erityisen virkeäksi ja ketteräksi.

Quizás había una posibilidad de subir al tren.

Ehkä olisi ollut mahdollisuus päästä junaan.

Pero de todas formas, un regaño por parte del jefe era inevitable.

Mutta pomon nuhtelu oli joka tapauksessa väistämätöntä.

El empleado habría subido al tren de las cinco.

Virkailija olisi noussut viiden junaan.

El oficinista era una criatura sin carácter del jefe.

Toimistovirkailija oli pomon selkärangaton olento.

Así que la ausencia de Gregor ya habría sido informada.

Joten Gregorin poissaolosta olisi jo ilmoitettu.

"¿Qué pasa si llamo para avisar que estoy enfermo?" Gregor estaba pensando.

"Entä jos ilmoitan olevani sairas?" Gregor mietti.

Pero eso sería extremadamente embarazoso y sospechoso.
Mutta se olisi äärimmäisen kiusallista ja epäilyttävää.
Gregor nunca había estado enfermo durante el tiempo que trabajó allí.
Gregor ei ollut kertaakaan ollut sairas sinä aikana, kun hän työskenteli siellä.
Y ya les había dado cinco años de servicio.
Ja hän oli jo antanut heille viisi vuotta palvelusta.
Lo más probable era que el jefe viniera a ver cómo estaba.
Todennäköisesti pomo tulisi tarkistamaan hänen vointinsa.
Probablemente traería al médico del seguro médico.
Hän luultavasti toisi sairausvakuutusyhtiön lääkärin mukaan.
Y culparía a los padres por la pereza de su hijo.
Ja hän syyttäisi vanhempia heidän laiskasta pojastaan.
No podrían hacerle ninguna objeción.
Heillä ei olisi mitään vastalauseita häntä vastaan.
Porque para él sólo había dos clases de trabajadores.
Koska hänelle oli vain kahdenlaisia työntekijöitä.
O bien los trabajadores estaban completamente sanos o bien eran reacios al trabajo.
Joko työntekijät olivat täysin terveitä tai työnarkoja.
¿Y estaría equivocado en ese análisis básico?
Ja olisiko hän edes väärässä tuossa perusanalyysissä?
Ciertamente, en este caso tenía un argumento sólido.
Tässä tapauksessa hänellä oli toki vahvat perustelut.
A pesar de su apariencia, Gregor en realidad se sentía bastante bien.
Ulkonäöstään huolimatta Gregor tunsi olonsa itse asiassa varsin hyväksi.
El sueño innecesariamente largo lo dejó un poco somnoliento.
Tarpeettoman pitkät yöunet tekivät hänestä hieman uneliaan.
Pero aparte de eso no podía quejarse de enfermedad.
Mutta muuten hän ei voinut valittaa sairaudesta.
Incluso sintió un hambre especialmente fuerte y saludable.
Hän tunsi jopa erityisen voimakasta ja tervettä nälkää.
Mientras pensaba estos pensamientos el reloj volvió a sonar.

Hänen miettiessään näitä ajatuksia kello löi uudelleen.

Según la alarma eran ya las siete menos cuarto.

Hälytyskellon mukaan kello oli nyt varttia vaille seitsemän.

Y ahora también se oyó un suave golpe en la puerta.

Ja nyt ovelta koputettiin myös hiljaa.

—Gregor —lo llamó alguien. Era la madre.

"Gregor", joku huusi hänelle – se oli äiti.

"Son las siete menos cuarto", confirmó la alarma.

"Kello on varttia vaille seitsemän", hän vahvisti hälytyksen.

¿No querías irte?, preguntó la suave voz.

"Etkö halunnut lähteä?" kysyi lempeä ääni.

Gregor se asustó cuando oyó su voz respondiendo.

Gregor pelästyi kuullessaan oman äänensä vastaavan.

La voz seguía siendo la voz que siempre tuvo.

Ääni oli edelleen se ääni, joka hänellä oli aina ollut.

Pero ahora había un nuevo sonido mezclado en su voz.

Mutta nyt hänen ääneensä sekoittui uusi ääni.

**Desde lo más profundo de él también salió un doloroso
chillido.**

Syvällä hänen sisältään pääsi myös tuskallinen vinkaisu.

Al principio su voz parecía formar palabras con claridad.

Aluksi hänen äänensä tuntui muodostavan sanoja selkeästi.

Pero entonces Gregor escuchó el eco mental de su voz.

Mutta sitten Gregor kuuli äänensä kaiun mielessään.

**La grabación de su voz se interrumpió de una manera
extraña.**

Hänen äänensä tallenne katkesi oudolla tavalla.

**Y no estaba seguro de si había escuchado las cosas
correctamente.**

Eikä hän ollut varma, kuuliko hän asiat oikein.

**Gregor sintió un profundo deseo de dar una respuesta
detallada.**

Gregor tunsi syvää halua antaa yksityiskohtaisen vastauksen.

Quería explicarle todo claramente a su madre.

Hän halusi selittää kaiken selvästi äidilleen.

Pero, dadas las circunstancias, tuvo que limitarse.

Mutta olosuhteiden vuoksi hänen oli pakko rajoittaa itseään.

Y respondió mucho más breve de lo que le hubiera gustado.
Ja hän vastasi paljon lyhyemmin kuin olisi halunnut.
-Sí madre, no te preocupes, gracias, ya estoy levantado.
"Kyllä äiti, älä huoli, kiitos, olen jo ylhäällä."
La puerta de madera probablemente ayudó a amortiguar su voz.
Puinen ovi luultavasti vaimenti hänen ääntään.
Desde fuera el cambio en la voz de Gregor pasó desapercibido.
Ulkona Gregorin äänen muutos pysyi huomaamattomana.
La madre pareció estar satisfecha con su explicación.
Äiti näytti olevan tyytyväinen hänen selitykseensä.
Y ella se fue de nuevo tan silenciosamente como había llegado.
Ja hän lähti taas yhtä hiljaa kuin oli tullutkin.
Pero la pequeña conversación tuvo un efecto no deseado.
Mutta pienellä keskustelulla oli ei-toivottu vaikutus.
Llamó la atención de los demás miembros de la familia.
Hän herätti muiden perheenjäsenten huomion.
Gregor todavía estaba en casa y no había ido a trabajar.
Gregor oli vielä kotona eikä ollut mennyt töihin.
Y ahora el padre también llamó a la puerta lateral.
Ja nyt isä koputti myös sivuoveen.
Golpeó débilmente, pero decidido, con el puño.
Hän koputti nyrkillään heikosti, mutta päättäväisesti.
—Gregor, Gregor —gritó—, ¿cuál es el problema?
"Gregor, Gregor", hän huusi, "mikä on hätänä?"
Al cabo de un rato volvió a advertir con voz más grave.
Hetken kuluttua hän varoitti uudelleen matalammalla äänellä.
Pero ahora la hermana llamó a la puerta del otro lado.
Mutta toisella puolella olevaan oveen sisar koputti nyt.
"¿Gregor? ¿No te encuentras bien?", preguntó en voz baja.
"Gregor? Etkö voi hyvin?" hän kysyi hiljaa.
"¿Necesitas algo?" preguntó preocupada.
"Tarvitsetko jotain?" hän kysyi huolestuneena.
Gregor respondió a ambas partes: "Ya he terminado".
Gregor vastasi molemmille osapuolille: "Olen jo valmis."

Había hecho todo lo posible para pronunciar todas las palabras con cuidado.

Hän oli parhaansa mukaan yrittänyt lausua kaikki sanat huolellisesti.

Y eliminó todo lo que era llamativo en su voz.

Ja hän poisti äänestään kaiken huomiota herättävän.

El padre también parecía satisfecho con la respuesta.

Isäkin näytti tyytyväiseltä vastaukseen.

Y regresó a su desayuno inacabado.

Ja hän palasi takaisin keskeneräisen aamiaisensa ääreen.

Pero la hermana susurró: "Gregor, ábreme, te lo ruego".

Mutta sisar kuiskasi: "Gregor, avaa ovesi, pyydän sinua."

Pero su preocupación por él no podía conmoverlo de ninguna manera.

Mutta hänen huolensa hänestä ei voinut liikuttaa häntä millään tavalla.

Gregor no tenía intención de abrirle la puerta.

Gregorilla ei ollut aikomustakaan avata ovea hänelle.

Había adquirido algunos hábitos de cautela al viajar.

Hän oli matkustamisen myötä omaksunut joitakin varovaisia tapoja.

Y se alababa a sí mismo por haber cerrado las puertas.

Ja hän kehui itseään ovien lukitsemisesta.

Primero quiso levantarse tranquilamente y a su propio ritmo.

Ensin hän halusi nousta ylös hiljaa omaan tahtiinsa.

Y sin que nadie le molestara quiso vestirse.

Ja häiritsemättä hän halusi pukeutua.

Una vez logrado esto, quiso entonces desayunar.

Tämän saavutettuaan hän halusi sitten syödä aamiaista.

Sólo entonces quiso reflexionar más sobre la situación.

Vasta sen jälkeen hän halusi tarkastella tilannetta tarkemmin.

Sabía que no tenía sentido hacer planes en la cama.

Hän tiesi, ettei sängyssä ollut mitään järkeä tehdä suunnitelmia.

Sería imposible llegar a una conclusión sensata.

Järkevän johtopäätöksen tekeminen olisi mahdotonta.

Había habido otras ocasiones en las que se despertó con dolores leves.
Hän oli herännyt toisinaankin lieviin kipuihin.
Estos dolores siempre resultaban ser pura imaginación.
Nämä kivut osoittautuivat aina puhtaaksi mielikuvitukseksi.
Al levantarme de la cama el dolor invariablemente desaparecía.
Sängystä noustessa kipu aina hellitti.
Tenía curiosidad por ver qué pasaría con esas ideas.
Hän oli utelias näkemään, mitä näille ajatuksille tapahtuisi.
El cambio en su voz probablemente se debió sólo a un resfriado.
Äänen muutos johtui luultavasti vain flunssasta.
Los resfriados son simplemente un riesgo laboral para los viajeros.
Vilustuminen on vain työperäinen vaara matkailijoille.
No tenía ninguna duda de que ésa era la explicación lógica.
Hän ei epäillyt hetkeäkään, etteikö se olisi looginen selitys.
Logró quitarse la manta de encima con facilidad.
Peiton saaminen pois päältään onnistui helposti.
Lo único que tenía que hacer era inhalar e inflarse.
Hänen tarvitsi vain hengittää sisään ja puhaltaa ilmaa ilmaan.
La manta se deslizó de su cuerpo y cayó al suelo.
Peitto valui hänen vartaloltaan lattialle.
Su cuerpo increíblemente ancho dificultaba otras cosas.
Hänen uskomattoman leveä vartalonsa teki muista asioista vaikeita.
Habría necesitado brazos y manos para ponerse de pie.
Hän olisi tarvinnut käsivarsia ja käsivarsia noustakseen ylös.
Pero ya no tenía las extremidades que solía tener.
Mutta hänellä ei ollut enää niitä raajoja, jotka hänellä ennen oli.
En lugar de brazos y manos tenía muchas piernas pequeñas.
Käsien ja käsivarsien sijaan hänellä oli paljon pieniä jalkoja.
Y sus piernas se movían constantemente, sin su control.
Ja hänen jalkansa liikkuivat jatkuvasti, täysin hallitsemattomasti.

Intentó doblar una pierna, pero en lugar de eso se estiró.

Hän yritti koukistaa toista jalkaa, mutta se venyikin.

Finalmente logró controlar una pierna.

Lopulta hän sai toisen jalan hallintaansa.

Pero luego se liberó el movimiento de las otras piernas.

Mutta sitten muiden jalkojen liike vapautui.

Y todas sus piernas se crisparon de extrema excitación.

Ja kaikki hänen jalkansa nytkähtivät äärimmäisestä jännityksestä.

Primero quería sacar la parte inferior de su cuerpo de la cama.

Ensin hän halusi saada alavartalonsa pois sängystä.

Pero en realidad aún no había visto la parte inferior de su cuerpo.

Mutta hän ei ollut itse asiassa vielä nähnyt alavartaloaan.

Y, de todas formas, resultó demasiado difícil mover esta pieza.

Ja tämän osan siirtäminen osoittautui joka tapauksessa liian vaikeaksi.

Finalmente, con todas sus fuerzas, realizó un movimiento salvaje.

Lopulta hän teki kaiken voimansa turvin yhden villin liikkeen.

Sin más vacilación, avanzó.

Epäröimättä enempää hän astui eteenpäin.

Pero había elegido la dirección equivocada.

Mutta hän oli valinnut väärän suunnan liikkuakseen.

Golpeó violentamente su cuerpo contra el poste inferior de la cama.

Hän löi ruumistaan rajusti sängyn alempaa pylvästä vasten.

El dolor ardiente que sintió le enseñó una valiosa lección.

Polttava kipu, jota hän tunsi, opetti hänelle arvokkaan läksyn.

La parte inferior de su cuerpo era quizás más sensible.

Hänen alavartalonsa oli ehkä herkempi.

Entonces intentó sacar primero la parte superior del cuerpo de la cama.

Niinpä hän yritti ensin saada ylävartalonsa ylös sängystä.

Giró cuidadosamente la cabeza en la dirección correcta.

Hän käänsi varovasti päätään oikeaan suuntaan.

Y pronto su cabeza estaba mirando hacia el borde de la cama.

Ja pian hänen päänsä oli sängyn reunaa vasten.

Este movimiento cauteloso en realidad fue fácil para él.

Tämä varovainen liike oli hänelle itse asiassa helppo.

Y su anchura y peso no detuvieron su movimiento.

Eivätkä hänen leveytensä ja painonsa estäneet hänen liikettään.

La masa de su cuerpo siguió lentamente el giro de la cabeza.

Hänen ruumiinsa massa seurasi hitaasti pään käännöstä.

Pero luego sostuvo su cabeza sobre el borde de la cama.

Mutta sitten hän nosti päänsä sängyn reunan yli.

Y se enfrentó a un nuevo miedo en el que aún no había pensado.

Ja hän kohtasi uuden pelon, jota hän ei ollut aiemmin ajatellut.

Avanzar más por este camino podría ser peligroso.

Tällä tavalla pidemmälle eteneminen voisi olla vaarallista.

Había pensado que simplemente se dejaría caer.

Hän oli luullut vain antavansa itsensä pudota.

Pero sería un milagro si no se lesionara la cabeza.

Mutta olisi ihme, jos hän ei loukkaisi päätään.

Ahora no era el momento de arriesgarse a perder el conocimiento.

Nyt ei ollut aika ottaa riskiä tajunnan menettämisestä.

Quizás sería mejor quedarse en la cama después de todo.

Ehkä olisi sittenkin parempi jäädä sänkyyn.

Pero luego tuvo que hacer el mismo esfuerzo para regresar.

Mutta sitten hänen täytyi nähdä sama vaiva päästäkseen takaisin.

Después de todo ese esfuerzo él estaba tendido allí igual que antes.

Kaiken tuon vaivannäön jälkeen hän makasi siinä aivan kuten ennenkin.

Y ahora sus piernas parecían incluso más enojadas que antes.

Ja nyt hänen jalkansa tuntuivat vieläkin kipeämmiltä kuin ennen.

Los movimientos de sus piernas se habían vuelto aún más incontrolables.

Hänen jalkojensa liikkeet olivat muuttuneet entistä hallitsemattomammiksi.

No veía manera de salir de la situación en la que se encontraba.

Hän ei nähnyt mitään keinoa päästä pois tilanteesta, jossa hän oli.

De este caos no fue posible sacar la paz ni el orden.

Rauhaa ja järjestystä ei saatu aikaan tästä kaaoksesta.

Pero sabía que quedarse en la cama tampoco era una opción.

Mutta hän tiesi, ettei sängyssä makaaminen ollut vaihtoehto.

Sacrificarlo todo era la opción más sensata.

Kaiken uhraaminen oli järkevin vaihtoehto.

Se aferró a la más mínima esperanza de levantarse de la cama.

Hän piti yllä pienintäkään toivoa päästä sängystä ylös.

Si lo hubiera conseguido, todo riesgo habría valido la pena.

Jos hän olisi onnistunut tässä, kaikki riski olisi ollut sen arvoista.

Pero al mismo tiempo también recordó algo más.

Mutta samaan aikaan hän muisti myös jotain muuta.

"Mejores que decisiones desesperadas son reflexiones tranquilas."

"Parempia kuin epätoivoiset päätökset ovat rauhalliset pohdinnat."

Con todo su esfuerzo centró su mirada en la ventana.

Kaikin voimin hän keskitti katseensa ikkunaan.

Pero lo que vio le trajo poca confianza y alegría.

Mutta näkemänsä ei tuonut juurikaan itseluottamusta ja iloa.

La niebla de la mañana cubría toda la estrecha calle.

Aamu-usva peitti koko kapean kadun.

El despertador volvió a sonar; ahora eran las siete.

Herätyskello soi taas; nyt kello oli seitsemän.

"Ya son las siete y todavía hay mucha niebla."

"Kello on jo seitsemän ja on edelleen niin sumuista."

Durante un rato permaneció en silencio, respirando débilmente.

Hän makasi hetken hiljaa, hengittäen vain heikosti.

Quizás un poco de quietud traería algo de normalidad.

Ehkäpä hiljaisuus toisi jonkinlaista normaaliutta.

Un silencio absoluto podría provocar las condiciones reales.

Täydellinen hiljaisuus voisi johtaa todellisiin olosuhteisiin.

Pero antes de que el reloj volviera a sonar, rompió el silencio.

Mutta ennen kuin kello löi uudelleen, hän rikkoi hiljaisuuden.

"Antes de que el reloj vuelva a sonar, debo levantarme de la cama."

"Ennen kuin kello lyö uudelleen, minun on päästävä sängystä."

"Para entonces tengo que estar totalmente fuera de la cama."

"Minun täytyy ehdottomasti olla kokonaan poissa sängystä siihen mennessä."

"Después de las siete y cuarto la oficina enviará a alguien."

"Varttia kahdeksan jälkeen toimisto lähettää jonkun."

"Porque la oficina abrió antes de las siete."

"Koska toimisto avattiin ennen seitsemää."

Y ahora empezó a balancear su cuerpo fuera de la cama.

Ja nyt hän alkoi keinutella vartaloaan ylös sängystä.

Había abandonado el centrarse en la parte superior o inferior de su cuerpo.

Hän oli lakannut keskittymästä ylä- tai alavartaloonsa.

Todo el largo de su cuerpo tuvo que salir de la cama.

Koko hänen ruumiinsa pituus oli irrotettava sängystä.

Caer de esa manera debería proteger su cabeza, pensó.

Tällä tavalla kaatumisen pitäisi suojata hänen päätään, hän ajatteli.

Había planeado levantar la cabeza cuando cayera al suelo.

Hän oli suunnitellut nostavansa päätään maahan osuessaan.

La parte posterior de su cuerpo parecía lo suficientemente dura para el impacto.

Hänen selkänsä tuntui tarpeeksi kovalta iskulle.

Y la alfombra estaba allí para suavizar el aterrizaje.

Ja matto oli siellä pehmentämässä laskeutumista.
Sin embargo, su mayor preocupación era el fuerte ruido.
Hänen suurin huolenaiheensa oli kuitenkin kova melu.
El ruido estrepitoso asustaría a todos en la casa.
Räjähdyksen ääni pelottaisi kaikki talossa olevat.
Quizás no les daría miedo el ruido fuerte.
Ehkä he eivät pelästyisi kovaa melua.
Pero seguramente se preocuparían si oyeran eso.
Mutta he varmasti huolestuisivat, jos kuulisivat.
Pero había que correr el riesgo de llamar la atención.
Mutta huomion herättämisen riski oli otettava.
El nuevo método era más un juego que un esfuerzo.
Uusi menetelmä oli enemmänkin peli kuin ponnistus.
Tuvo que balancear su cuerpo con movimientos bruscos y espasmódicos.
Hänen täytyi keinutella vartaloaan äkillisillä ja nykivillä liikkeillä.
Gregor ya estaba medio levantado de la cama.
Gregor oli jo puoliksi noussut sängystä.
Ahora se le ocurrió una idea nueva.
Nyt hänelle juolahti mieleen uusi ajatus.
"Todo sería tan fácil si alguien viniera en mi ayuda."
"Kaikki olisi niin helppoa, jos joku tulisi avukseni."
"Dos personas fuertes serían suficientes."
"Kaksi vahvaa ihmistä riittäisi täysin."
Su padre y la criada serían lo suficientemente fuertes.
Hänen isänsä ja palvelijatar olisivat tarpeeksi vahvoja.
Sólo tendrían que deslizar los brazos bajo su espalda.
Heidän täytyisi vain liu'uttaa kätensä hänen selkänsä alle.
Y luego pudieron sacarlo fácilmente de la cama.
Ja sitten he voisivat helposti repiä hänet sängystä.
Quizás habrían tenido que bajarle el peso poco a poco.
Ehkä heidän olisi pitänyt hitaasti pudottaa hänen painoaan.
Ojalá entonces las piernas hubieran encontrado su propósito.
Toivottavasti jalat olisivat sitten löytäneet tarkoituksensa.
¿No sería mejor después de todo pedir ayuda?

"Eikö olisi sittenkin parempi huutaa apua?"
El problema, por supuesto, era que había cerrado las puertas.
Ongelmana oli tietenkin se, että hän oli lukinnut ovet.
Había algo en ese pensamiento que le hacía cosquillas.
Ajatuksessa oli jotakin, mikä kutitti häntä.
Y a pesar de sus dificultades, no pudo evitar esbozar una sonrisa.
Ja vaikeuksistaan huolimatta hän ei pystynyt pidättelemään hymyä.
Ya estaba cerca de perder el equilibrio.
Hän oli jo lähellä tasapainonsa menettämistä.
Cada movimiento lo acercaba más a caerse de la cama.
Jokainen keinu toi hänet lähemmäksi sängystä kaatumista.
Pronto tendría que tomar la decisión final.
Pian hänen oli tehtävä lopullinen päätös.
En cinco minutos serían las siete y cuarto.
Viiden minuutin kuluttua kello olisi varttia yli seitsemän.
Mientras pensaba estos pensamientos, sonó el timbre.
Hänen miettiessään näitä ajatuksia ovikello soi.
"Es alguien de la oficina", se dijo.
"Tuo on joku toimistolta", hän sanoi itsekseen.
Y casi se quedó paralizado de miedo ante la visita.
Ja hän melkein jähmettyi pelosta vierailijan vuoksi.
Sus piernas bailaron aún más salvajemente que antes.
Hänen jalkansa tanssivat entistäkin villimmin.
Pero luego, por un momento, todo quedó en silencio.
Mutta sitten, hetken, kaikki pysyi hiljaisena.
"No abrirán la puerta", se dijo Gregor.
"He eivät avaa ovea", Gregor sanoi itsekseen.
Todavía estaba atrapado en una esperanza sin sentido.
Hän oli yhä jonkin järjettömän toivon vallassa.
Pero luego, por supuesto, la criada se dirigió a la puerta.
Mutta sitten, tietenkin, palvelija käveli ovelle.
Y como siempre, le abrió la puerta al visitante.
Ja kuten aina, hän avasi oven vieraalle.
A Gregor le bastó con oír el primer saludo del visitante.
Gregorin tarvitsi vain kuulla vieraan ensimmäinen tervehdys.

Pudo saber inmediatamente quién había venido a buscarlo.

Hän tiesi heti, kuka oli tullut hakemaan häntä.

El propio jefe de oficina había venido a ver cómo estaba Samsa.

Pääkirjuri oli itse tullut tarkistamaan Samsan vointia.

¿Por qué Gregor fue el único condenado a este destino?

Miksi Gregor oli ainoa, joka oli tuomittu tähän kohtaloon?

¿Por qué sólo él tuvo que servir en tal organización?

Miksi vain hänen täytyi palvella tuollaisessa organisaatiossa?

El más mínimo descuido despertaba inmediatamente sospechas.

Pieninkin huolimattomuus herätti heti epäilyksiä.

¿Todos los empleados que trabajaban allí eran unos sinvergüenzas?

Olivatko kaikki siellä työskennelleet lurjuksia?

¿No había entre ellos ninguna persona fiel y devota?

Eikö heidän joukossaan ollut ketään uskollista ja omistautunutta?

¿No podrían haber enviado simplemente un aprendiz?

Eivätkö he olisi voineet vain lähettää oppipoikaa?

¿Era realmente necesario todo este cuestionamiento?

Oliko tämä kyseenalaistaminen edes ollenkaan tarpeellista?

¿El representante autorizado tenía que venir personalmente?

Pitikö valtuutetun edustajan tulla itse paikalle?

¿Había que informar a toda la familia inocente?

Pitikö koko viattoman perheen saada tieto?

Todas estas consideraciones impulsaron a Gregor a actuar.

Kaikki nämä seikat saivat Gregorin toimimaan.

Se levantó de la cama con todas sus fuerzas.

Hän nousi sängystä kaikin voimin.

Se escuchó un fuerte estallido, pero no era realmente un ruido.

Kuului kova pamaus, mutta se ei oikeastaan ollut mikään ääni.

La caída había sido ligeramente suavizada por la alfombra.

Matto oli hieman pehmentänyt pudotusta.

Su espalda era más elástica de lo que Gregor había pensado.

Hänen selkänsä oli joustavampi kuin Gregor oli luullut.
Así que el sonido era más apagado y no tan perceptible.
Joten ääni oli tylsempi eikä niin havaittava.
Pero no había cuidado su cabeza durante la caída.
Mutta hän ei ollut pitänyt huolta päästään kaatumisen aikana.
Y cuando golpeó el suelo también se golpeó la cabeza.
Ja maahan kaatuessaan hän löi myös päänsä.
Se frotó la cabeza contra la alfombra con rabia y dolor.
Hän hieroi päätään mattoon vihaisena ja tuskaisena.
Pero el gerente de la habitación de al lado escuchó el ruido.
Mutta viereisen huoneen johtaja kuuli äänen.
"Algo cayó allí", observó correctamente.
"Jokin putosi sinne", hän totesi aivan oikein.
Gregor intentó imaginarse al gerente en su situación.
Gregor yritti kuvitella johtajaa hänen asemassaan.
"¿Podría pasarle lo mismo a él?" se preguntó.
"Voisiko hänelle tapahtua sama?" hän mietti.
Aceptó que este extraño acontecimiento pudiera ser posible.
Hän hyväksyi, että tämä outo tapahtuma voisi olla
mahdollinen.
**Y entonces el jefe de oficina dio unos pasos hacia la
habitación.**
Ja sitten virkailija otti muutaman askeleen huoneeseen.
Fue casi una respuesta burda a la pregunta que hizo.
Se oli lähes tyly vastaus hänen esittämäänsä kysymykseen.
Sus botas de cuero crujieron cuando se acercó a la puerta.
Hänen nahkasaappaansa narisivat hänen lähestyessään ovea.
Desde la habitación de su derecha su criada le susurró:
Hänen palvelijattarensa kuiskasi hänelle oikealla puolellaan
olevasta huoneesta.
Gregor, el representante autorizado está aquí.
"Gregor, valtuutettu edustaja on täällä."
—Lo sé —dijo Gregor, pero sólo en voz baja, para sí mismo.
"Tiedän", Gregor sanoi, mutta vain hiljaa itsekseen.
No se atrevió a levantar la voz por encima de un susurro.
Hän ei uskaltanut korottaa ääntään kuiskauksen yläpuolelle.
Porque Gregor no quería que su hermana lo oyera.

Koska Gregor ei halunnut sisarensa kuulevan häntä.

—Gregor —dijo el padre desde la habitación de la izquierda.

– Gregor, sanoi isä vasemmalla olevasta huoneesta.

"El gerente ha venido a comprobar cuál es el problema".

"Johtaja tuli tarkistamaan, mikä hätänä on."

"Él te preguntó por qué no saliste en el tren temprano."

"Hän kysyi, miksi et lähtenyt aikaisella junalla."

"No sabemos qué decirle", dijo el padre.

"Emme tiedä, mitä sanoisimme hänelle", isä sanoi.

"Por cierto, también quiere hablar contigo personalmente."

"Muuten, hän haluaa myös puhua kanssasi henkilökohtaisesti."

"Por favor, abre la puerta para que pueda hablar contigo."

"Avaa ovi, jotta hän voi puhua kanssasi."

"Tendrá la amabilidad de disculpar el desorden en la habitación".

"Hän on kyllä niin ystävällinen, että antaa anteeksi sotku huoneessa."

"Buenos días, señor Samsa", le saludó el gerente.

"Hyvää huomenta, herra Samsa", johtaja huusi hänelle.

Y ciertamente le habló de manera amistosa.

Ja hän todellakin puhui hänelle ystävällisesti.

"No está bien", le dijo la madre al gerente.

"Hän ei voi hyvin", äiti sanoi johtajalle.

"No se encuentra bien en absoluto, créame, querido gerente."

"Hän ei voi ollenkaan hyvin, uskokaa minua, rakas johtaja."

¿Por qué si no, Gregor perdería el tren de la mañana?

"Miksi muuten Gregor olisi myöhästynyt aamujunasta?"

"El chico no tiene nada en la cabeza excepto el negocio."

"Pojalla ei ole mitään muuta mielessään kuin työ."

"Casi me molesta que no haga nada más".

"Minua melkein ärsyttää, ettei hän tee mitään muuta."

"Me gustaría que saliera por las noches a tomar aire fresco".

"Toivon, että hän menisi iltaisin ulos raittiiseen ilmaan."

"Estuvo en la ciudad ocho días por negocios."

"Hän oli kaupungissa kahdeksan päivää työasioissa."

"Pero él estaba en casa todas esas noches"

"Mutta sitten hän oli kotona joka noina iltoina"

"Se sienta en nuestra mesa y lee el periódico".

"Hän istuu pöydässämme ja lukee lehteä."

"En otras ocasiones, estudia los horarios de los trenes."

"Muina aikoina hän tutkii junien aikatauluja."

"A veces se mantiene ocupado con la carpintería".

"Joskus hän kyllä pitää itsensä kiireisenä puusepäntöillä."

"Por ejemplo, talló un pequeño marco de madera para cuadros".

"Esimerkiksi hän veisti pienen puisen valokuvakehyksen."

"Estuvo ocupado con la sierra durante dos o tres tardes".

"Hän oli sahan kanssa kiireinen kahden tai kolmen illan ajan."

"Te sorprenderá lo bonito que es el marco de fotos".

"Tulet hämmästymään, kuinka kaunis tuo taulunkehys on."

"Ha colgado el marco de fotos en su habitación."

"Hän on ripustanut taulunkehyksen huoneeseensa."

"Cuando abra la puerta veréis su carpintería."

"Kun hän avaa oven, näet hänen puutyönsä."

"Por cierto, me alegro de que esté aquí, señor Prokurist".

"Muuten, olen iloinen, että olette täällä, herra Prokurist."

"Solos no habríamos podido lograr que Gregor abriera la puerta."

"Me emme yksin olisi voineet saada Gregoria avaamaan ovea."

"Es muy terco", le confesó su madre al empleado.

"Hän on niin itsepäinen", hänen äitinsä tunnusti virkailijalle.

"Ciertamente está enfermo, aunque antes lo negó".

"Hän on varmasti sairas, vaikka hän on sen aiemmin kiistänytkin."

"Estaré allí enseguida", dijo Gregor lentamente y con cuidado.

– Tulen heti, Gregor sanoi hitaasti ja varovasti.

Pero no hizo ningún movimiento hacia la puerta de la habitación.

Mutta hän ei liikkunut huoneen ovea kohti.

No quería perderse ni una palabra de la conversación.

Hän ei halunnut menettää keskustelusta sanaakaan.

El secretario jefe estuvo de acuerdo con la evaluación de la madre.

Ylitarkastaja oli äidin arvion kanssa samaa mieltä.

-Tampoco puedo explicarlo de otra manera, señora.

"En minäkään osaa selittää sitä muuten, rouva."

"Esperemos que no tenga ninguna enfermedad grave", dijo.

"Toivotaan kaikki, ettei hänellä ole vakavaa sairautta", hän sanoi.

"Por otro lado, es un peligro en nuestra industria".

"Toisaalta se on vaaratekijä alallamme."

"Nosotros, los empresarios, a menudo tenemos que superar el malestar."

"Meidän liikemiesten on usein voitettava epämukavuutta."

"Los profesionales simplemente tienen que aguantar los dolores leves".

"Ammattilaisten täytyy vain kestää pieniä vaikeuksia."

Mientras tanto su padre volvió a llamar a la otra puerta.

Samaan aikaan hänen isänsä koputti taas toiseen oveen.

"¿Puede entrar ahora el jefe de oficina?" quiso saber.

"Voiko virkailija tulla nyt sisään?" hän halusi tietää.

"No, no puede", respondió Gregor a la pregunta de su padre.

– Ei, hän ei voi, vastasi Gregor isänsä kysymykseen.

Un silencio incómodo cayó en la habitación de la izquierda.

Vasemmalla puolella olevaan huoneeseen laskeutui kiusallinen hiljaisuus.

En la habitación de la derecha la hermana comenzó a sollozar.

Oikeanpuoleisessa huoneessa sisar alkoi nyyhkyttää.

¿Por qué la hermana no se había ido a estar con los demás?

Miksi sisar ei ollut mennyt muiden luo?

Probablemente acababa de levantarse de la cama, pensó.

Hän oli luultavasti juuri noussut sängystä, hän ajatteli.

Es posible que ni siquiera haya empezado a vestirse todavía.

Hän ei ehkä ollut edes alkanut pukea vielä.

Pero Gregor no podía entender por qué ella lloraba.

Mutta Gregor ei ymmärtänyt, miksi hän itki.

¿Fue porque no se levantó y dejó entrar al gerente?

Johtuiko se siitä, ettei hän noussut ylös ja päästänyt johtajaa sisään?

¿Fue porque estaba en peligro de perder su trabajo?

Johtuiko se siitä, että hän oli vaarassa menettää työpaikkansa?

¿Podría el jefe venir a buscar a los padres como antes?

Voisiko pomo tulla vanhempien kimppuun kuten ennenkin?

¿Iba a volver a hacerles las mismas exigencias de siempre?

Aikoiko hän esittää heille taas vanhat vaatimuksensa?

Estas cosas probablemente no hacían que hubiera que preocuparse.

Näistä asioista ei luultavasti olisi tarvinnut olla huolissaan.

Por el momento no tenía motivos para llorar.

Sillä hetkellä hänellä ei ollut mitään syytä itkeä.

Gregor todavía estaba allí, manteniendo a la familia.

Gregor oli yhä täällä elättämässä perhettään.

Y nunca tuvo intención de abandonar a la familia.

Eikä hänellä ollut koskaan aikomustakaan jättää perhettä.

Por el momento, simplemente permaneció tendido sobre la alfombra.

Toistaiseksi hän vain makasi matolla.

La familia desconocía la condición en la que se encontraba.

Perhe ei tiennyt, missä kunnossa hän oli.

Si lo hubieran sabido no habrían animado a su jefe.

Jos he olisivat tienneet, he eivät olisi kannustaneet hänen pomoaan.

Ni siquiera habrían dejado entrar al gerente a la casa.

He eivät olisi edes päästäneet johtajaa sisälle taloon.

No habría sido particularmente grosero rechazarlo.

Hänen käännyttäminen pois ei olisi ollut erityisen töykeää.

Fácilmente podría haber encontrado una excusa adecuada más tarde.

Hän olisi helposti voinut keksiä sopivan tekosyyn myöhemmin.

No era algo por lo que lo hubieran podido despedir.

Se ei ollut asia, josta hänet olisi voitu potkia.

Gregor pensó que ahora sería más sensato que lo dejaran solo.

Gregorista tuntui järkevämmältä jäädä nyt rauhaan.
Molestarlo con llantos y conversaciones no sirvió de mucho.
Hänen häiritsemisensä itkemällä ja puhumalla ei juurikaan
auttanut.
Pero fue la incertidumbre lo que molestó a los demás.
Mutta epävarmuus oli se, mikä muita vaivasi.
Y fue esta incertidumbre la que justificó su comportamiento.
Ja juuri tämä epävarmuus puolusteli heidän käytöstään.
—¡Señor Samsa! —gritó el gerente en voz alta.
– Herra Samsa, johtaja huusi korotetulla äänellä.
"¿Qué te pasa?" quiso saber.
"Mikä sinulle kuuluu?" hän halusi tietää.
"Te has atrincherado en tu habitación."
"Olet barrikadoinut itsesi huoneeseesi."
"Solo puedes responder con un 'sí' o un 'no'."
"Vastaat vain joko kyllä tai ei."
"Estás causando serias preocupaciones a tus padres."
"Aiheutat vanhemmillesi todella paljon huolta."
"No veo ninguna buena razón para preocuparlos".
"En näe mitään hyvää syytä, miksi pitäisit heitä huolestuttaa."
"Hay otra cosa más que mencionaré de paso."
"Mainitsen ohimennen vielä yhden asian."
**"También estás descuidando tus obligaciones comerciales
hacia nosotros".**
"Laimit myös velvollisuutesi meitä kohtaan."
"Esa irresponsabilidad está totalmente fuera de tu carácter".
"Tuollainen vastuuttomuus on täysin luonteesi vastaista."
"Hablo aquí en nombre de tus padres y de tu jefe".
"Puhun tässä vanhempiesi ja pomosi puolesta."
"Y os pido una explicación inmediata y clara."
"Ja pyydän teiltä välitöntä ja selkeää selitystä."
"Todo esto realmente me sorprende, debo decir".
"Tämä koko juttu todella hämmästyttää minua, täytyy sanoa."
**"Pensé que te conocía como una persona tranquila y
razonable."**
"Luulin tuntevani sinut rauhallisena ja järkevänä ihmisenä."
"Pero ahora nos estás mostrando un lado diferente de ti".

"Mutta nyt näytät meille itsestäsi toisen puolen."
"De repente estás mostrando tus caprichos tan peculiares."
"Yhtäkkiä alat paljastaa hyvin omituisia oikkujasi."
"Pero podría haber una explicación para tu fracaso".
"Mutta epäonnistumisellesi saattaa olla selitys."
"El jefe mencionó una deuda que usted había cobrado para nosotros."
"Pomo mainitsi velan, jonka olit meille perinyt."
"Le di al jefe mi palabra de honor en tu nombre".
"Annoin pomolle kunniasanani puolestasi."
"Pero ahora veo tu incomprensible terquedad."
"Mutta nyt näen käsittämättömän itsepäisyytesi."
"Aún podría perder todo mi deseo de ayudarte."
"Saatan silti menettää kaiken haluni auttaa sinua."
"Su seguridad laboral no es en absoluto totalmente estable".
"Työsuhteesi turva ei ole missään nimessä täysin vakaa."
"Originalmente tenía la intención de contarte todo esto en privado".
"Aioin alun perin kertoa tämän kaiken sinulle kahden kesken."
"Pero ahora veo que quieres que pierda mi tiempo aquí".
"Mutta nyt näen, että haluat minun tuhlaavan aikaani täällä."
"Así que no veo ninguna razón por la que tus padres no deberían saberlo."
"Joten en näe mitään syytä, miksi vanhempasi eivät tietäisi."
"Su desempeño reciente no ha sido satisfactorio."
"Viimeaikainen suorituksesi ei ole ollut tyydyttävä."
"Reconozco que las ventas son más lentas en esta época del año".
"Myönnän, että myynti on tähän aikaan vuodesta hitaampaa."
"Pero no hay época del año en que no haya ventas".
"Mutta ei ole vuodenaikaa, jolloin ei olisi myyntiä."
Por un momento Gregor olvidó todo lo que le rodeaba.
Hetken Gregor unohti kaiken ympärillään.
—¡Pero señor Prokurist! —gritó Gregor desesperado.
"Mutta herra Prokurist!" Gregor huudahti epätoivoisena.
"Abriré la puerta enseguida, ahora mismo, no te preocupes."
"Avaan oven heti, ihan kohta, älä huoli."

"El problema es que me he estado sintiendo bastante mal."
"Ongelmana on, että minulla on ollut todella huono olo."
"Mi mareo me impidió llegar a la puerta."
"Huimaukseni esti minua pääsemästä ovelle."
"Todavía estoy en cama, pero me siento mucho mejor."
"Makaan vielä sängyssä, mutta voin paljon paremmin."
"Un momento por favor, me estoy levantando de la cama."
"Hetkinen, olkaa hyvä, nousen juuri sängystä."
"Un momento de paciencia es todo lo que pido, señor
Prokurist."
"Hetken kärsivällisyyttä pyydän vain, herra Prokurist."
"No va tan bien como pensaba, pero estaré bien".
"Ei se mene niin hyvin kuin luulin, mutta kyllä minä pärjään."
"¿Cómo puede sucederle algo así a una persona tan
rápidamente?"
"Miten ihmiselle voi tapahtua jotain noin nopeasti?"
"Me sentí bien anoche, mis padres lo saben."
"Voin hyvin eilen illalla, vanhempani tietävät sen."
"Pero quizá ya tuve una pequeña premonición entonces."
"Mutta ehkä minulla oli jo silloin pieni aavistus."
"Quizás te preguntes por qué no lo reporté en la oficina".
"Saatat kysyä, miksi en ilmoittanut siitä toimistolle."
"Pensé que me sentiría mucho mejor por la mañana".
"Luulin, että aamulla olisi taas paljon parempi olo."
"Uno siempre piensa que para entonces ya habrá superado la
enfermedad."
"Aina ajatellaan, että tauti on siihen mennessä selätetty."
"¡Pero por favor! ¡Libera a mis padres de estas acusaciones!"
"Mutta olkaa hyvä! Säästäkää vanhempani näiltä syytöksiltä!"
"No me han dicho ni una palabra de lo que me contaste."
"Minulle ei ole kerrottu sanaakaan siitä, mitä sinä minulle
kerroit."
"Puede que no hayas leído las últimas órdenes que envié".
"Et ehkä ole lukenut viimeisimpiä lähettämiäni määräyksiä."
"Por cierto, no tienes que preocuparte por mí hoy."
"Muuten, sinun ei tarvitse huolehtia minusta tänään."
"Aun así voy a tomar el tren de las ocho."

"Aion silti mennä kahdeksan junalla."
"Las pocas horas de descanso me han fortalecido bastante".
"Muutamat lepotunnit ovat vahvistaneet minua tarpeeksi."
"Realmente no hay necesidad de esperar, gerente."
"Teidän ei todellakaan tarvitse odottaa, johtaja."
"Yo también estaré en la oficina muy pronto."
"Minäkin olen pian itse toimistolla."
"Y por favor, ten la amabilidad de decirme algo bueno".
"Ja olkaa niin ystävällisiä ja sanokaa hyvät sanat puolestani."
Gregor había pronunciado su explicación con bastante precipitación.
Gregor oli esittänyt selityksensä melko hätäisesti.
Apenas sabía lo que realmente estaba tratando de decir.
Hän tuskin tiesi, mitä hän oikeastaan yritti sanoa.
Se acercó a la caja y trató de usarla para ponerse de pie.
Hän meni laatikon luo ja yritti nousta sitä käyttäen ylös.
Realmente tenía toda la intención de abrir la puerta.
Hänellä oli todellakin täysi aikomus avata ovi.
Quería ser visto por el representante autorizado.
Hän halusi tulla valtuutetun edustajan nähdyksi.
Y quería resolver el problema con él personalmente.
Ja hän halusi ratkaista ongelman hänen kanssaan henkilökohtaisesti.
Estaba ansioso por saber cómo reaccionarían los demás ante él.
Hän oli innokas tietämään, miten muut reagoisivat häneen.
Ya deben estar ansiosos por ver cómo está.
Heidän täytyy nyt myös olla innokkaita näkemään, miten hän voi.
Había dos formas posibles en las que podían reaccionar ante él.
Heillä oli kaksi mahdollista tapaa reagoida häneen.
Una posibilidad era que estuvieran asustados.
Yksi mahdollisuus oli, että he pelästyisivät.
Si estaban asustados entonces él no tenía ninguna responsabilidad.
Jos he olivat peloissaan, hänellä ei ollut vastuuta.

Y entonces no tendría que preocuparse por la situación.

Eikä hänen sitten tarvitsisi huolehtia tilanteesta.

Pero también había otra posibilidad en la que pensar.

Mutta oli myös toinen mahdollisuus, jota voisi miettiä.

Quizás aceptarían con calma su forma de ser.

Ehkä he tyynesti hyväksyisivät hänet sellaisena kuin hän on.

Entonces Gregor tampoco tendría motivos para enojarse.

Silloin Gregorillakaan ei olisi mitään syytä suuttua.

Todavía habría tiempo suficiente para coger el tren.

Aikaa junaan olisi vielä riittävästi.

Sin embargo, mantenerse en pie no fue una tarea fácil.

Pysyminen pystyssä ei kuitenkaan ollut mitenkään helppo tehtävä.

En sus primeros intentos se resbaló de la caja.

Muutamalla ensimmäisellä yrityksellä hän lipsahti laatikolta.

La caja era demasiado lisa para que él pudiera apoyarse contra ella.

Laatikko oli liian sileä, jotta hän olisi pysynyt sitä vasten.

Y finalmente se dio un último empujón para ponerse de pie.

Ja lopulta hän antoi itselleen viimeisen ponnistuksen nousta seisomaan.

Ya no le prestó más atención al dolor en su abdomen.

Hän ei enää kiinnittänyt huomiota vatsakipuunsa.

No importaba cuánto dolor sintiera, él lo superaría.

Olipa tuska kuinka suuri tahansa, hän selviäisi siitä.

Se dejó caer contra el respaldo de una silla cercana.

Hän antoi itsensä kaatua lähellä olevan tuolin selkänojaa vasten.

Y se agarró a los bordes con sus pequeñas piernas.

Ja hän piti kiinni reunoista pienillä jaloillaan.

En ese momento ya tenía más control de sí mismo.

Tässä vaiheessa hän oli saanut itsehillinnän paremmin.

Y su caída fue más silenciosa que la anterior.

Ja hänen putoamisensa oli edellistä hiljaisempi.

Porque tenía que escuchar lo que decía el gerente.

Koska hänen oli pakko kuunnella, mitä johtaja sanoi.

¿Entendieron algo de eso?, preguntó a los padres.

"Ymmärsitkö tästä mitään?" hän kysyi vanhemmilta.

"No se burlaría de nosotros, ¿verdad?"

"Eihän hän tekisi meistä pilkkaa, vai mitä?"

—¡Por Dios! —gritó la madre, ya llorando.

"Jumalan tähden", äiti huusi jo itkien.

"Puede que esté gravemente enfermo y lo estamos atormentando".

"Hän saattaa olla vakavasti sairas ja me kidutamme häntä."

"¡Grete! ¡Grete!", le gritó a la hija.

"Grete! Grete!" hän huusi tyttärelleen.

"¿Mamá?" llamó la hermana desde el otro lado.

"Äiti?" sisko huusi toiselta puolelta.

Luego se comunicaron a través de la habitación de Gregor.

Sitten he kommunikoivat Gregorin huoneen kautta.

Gregor está muy enfermo y necesita medicamentos.

"Gregor on hyvin sairas ja hän tarvitsee lääkkeitä."

"Tendrás que ir al médico inmediatamente."

"Sinun täytyy mennä lääkäriin heti."

¿Escuchaste cómo habló Gregor hace un momento?

"Kuulitko, miten Gregor juuri puhui?"

"Esa era la voz de un animal", dijo el gerente.

"Se oli eläimen ääni", sanoi johtaja.

Sus palabras eran silenciosas comparadas con los gritos de la madre.

Hänen sanansa olivat hiljaisia verrattuna äidin huutoihin.

—¡Anna! ¡Anna! —llamó el padre desde la antesala.

"Anna! Anna!" isä huusi eteisestä.

Y aplaudió para llamar su atención.

Ja hän taputti käsiään saadakseen heidän huomionsa.

"¡Llama a un cerrajero inmediatamente!" le ordenó a la criada.

"Hae lukkoseppä heti!" hän käski piikaa.

Las muchachas, con sus faldas, corrían por la antesala.

Tytöt juoksivat hameissaan eteisen läpi.

Y sus faldas crujieron mientras corrían frente a su habitación.

Ja heidän hameensa kahisivat heidän juostessaan hänen huoneensa ohi.

"¿Cómo se vistió la hermana tan rápido?" pensó.

"Miten sisko pukeutui niin nopeasti?" hän ajatteli.

La puerta se abrió de golpe, pero no se cerró de golpe.

Ovi revittiin auki, mutta sitä ei paiskautettu kiinni.

Esto es común en los hogares donde ocurre una gran desgracia.

Tämä on yleistä kodeissa, joissa tapahtuu suuri onnettomuus.

Pero todo esto había hecho que Gregor se volviera mucho más tranquilo.

Mutta kaikki tämä oli tehnyt Gregorista paljon rauhallisemman.

Cuando escuchó sus propias palabras le parecieron claras.

Kun hän kuuli omat sanansa, ne tuntuivat hänelle selkeiltä.

De hecho, sintió que sus palabras habían sido más claras.

Itse asiassa hänestä tuntui, että hänen sanansa olivat olleet selkeämpiä.

Pero los demás ya no entendían lo que decía.

Mutta muut eivät enää ymmärtäneet, mitä hän sanoi.

Quizás ya se había acostumbrado a sus oídos.

Ehkä hän oli nyt tottunut korviinsa.

Pero al menos ahora entendían mejor su situación.

Mutta ainakin he ymmärsivät nyt hänen tilanteensa paremmin.

Se dieron cuenta de que realmente había algo mal con él.

He tajusivat, että hänessä oli todellakin jotain vikaa.

Y ahora estaban haciendo todo lo que podían para ayudarlo.

Ja nyt he tekivät kaikkensa auttaakseen häntä.

Esto le dio a Gregor una sensación de confianza que le faltaba.

Tämä antoi Gregorille itseluottamuksen tunteen, jota häneltä puuttui.

Y se sintió nuevamente mucho más seguro en la familia.

Ja hän tunsi olonsa taas paljon turvallisemmaksi perheen sisällä.

Se sintió incluido nuevamente en el círculo humano.

Hän tunsi olevansa jälleen osa ihmiskuntaa.
Ahora tenía que esperar que el cerrajero pudiera abrir la puerta.
Nyt hänen täytyi toivoa, että lukkoseppä saisi oven auki.
Y esperaba que el médico pudiera realizar tales tareas.
Ja hän toivoi, että lääkäri pystyisi suorittamaan sellaisia tehtäviä.
Pronto tendría que hablar más.
Hänen täytyisi pian taas puhua lisää.
Su voz tendría que ser lo más clara posible.
Hänen äänensä piti olla mahdollisimman selkeä.
Para prepararse para la reunión se aclaró la garganta.
Valmistautuakseen kokoukseen hän selvitti kurkkunsa.
Sin embargo, hizo todo lo posible para toser muy silenciosamente.
Hän kuitenkin yritti parhaansa mukaan yskiä vain hyvin hiljaa.
El ruido podría haber sonado diferente a una tos humana.
Ääni on saattanut kuulostaa erilaiselta kuin ihmisen yskä.
Sabía que ya no podía diferenciar esas cosas.
Hän tiesi, ettei pystynyt enää erottamaan sellaisia asioita toisistaan.
En la habitación contigua reinaba un silencio absoluto.
Viereisessä huoneessa oli tullut täysin hiljaista.
Los padres probablemente estaban sentados a la mesa.
Vanhemmat luultavasti istuivat pöydässä.
Quizás estaban susurrando con el gerente.
He ovat ehkä kuiskineet johtajan kanssa.
Quizás todos estaban apoyados en la puerta y escuchando.
Ehkä kaikki nojasivat oveen ja kuuntelivat.
Gregor empujó lentamente la silla hacia la puerta.
Gregor työnsi tuolia hitaasti ovea kohti.
Empujó la puerta y se mantuvo en pie.
Hän työnsi ovea vasten ja nousi pystyyn.
Se enteró de que las almohadillas de sus pies tenían un poco de pegamento.

Hän sai tietää, että hänen jalkapohjiensa tyynyissä oli hieman liimaa.

Y descansó allí un momento del esfuerzo.

Ja hän lepäsi siinä hetken ponnisteluista.

Después de descansar lo suficiente, comenzó con la siguiente tarea.

Levättyään tarpeeksi hän aloitti seuraavan tehtävän.

Empezó a girar la llave en la cerradura con la boca.

Hän alkoi kääntää avainta lukossa suullaan.

Desafortunadamente, parecía que no tenía dientes reales.

Valitettavasti näytti siltä, ettei hänellä ollut varsinaisia hampaita.

¿Pero qué otra forma tenía de conseguir las llaves?

Mutta millä muulla tavalla hän olisi voinut saada avaimet?

Afortunadamente para él, sus mandíbulas eran, por supuesto, muy fuertes.

Onneksi hänen leukansa olivat tietenkin erittäin vahvat.

Con la ayuda de sus mandíbulas realmente consiguió mover la llave.

Leukojensa avulla hän sai avaimen todella liikkeelle.

No tenía ninguna duda de que él también se estaba haciendo daño.

Hänellä ei ollut epäilystäkään siitä, etteikö hän itsekin olisi vahingoittanut itseään.

Porque de su boca salía un líquido marrón.

Koska hänen suustaan tuli ulos ruskeaa nestettä.

El líquido marrón fluyó sobre la llave y por la puerta.

Ruskea neste valui avaimen yli ja ovea pitkin alas.

Pero a Gregorio no le importaba hacerse daño a sí mismo.

Mutta Gregoria ei kiinnostanut, että hän vahingoitti itseään.

"¿Puedes oír eso?" dijo el gerente en la habitación de al lado.

"Kuuletteko tuota?" sanoi johtaja viereisestä huoneesta.

"Está girando la llave", había notado el gerente.

"Hän kääntää avainta", johtaja oli huomannut.

Estas palabras fueron un gran estímulo para Gregor.

Nämä sanat olivat Gregorille suuri rohkaisu.

Pero el padre y la madre también deberían haber gritado:

Mutta isän ja äidinkin olisi pitänyt huutaa:

«¡Bien, Gregor!», deberían haberle gritado.

"Hyvä on, Gregor", heidän olisi pitänyt huutaa hänelle.

"Sigue adelante, sigue girando esa llave, puedes lograrlo".

"Jatka, käännä avainta, niin pystyt siihen."

Pero Gregor tuvo que imaginarse su emoción.

Mutta sen sijaan Gregorin täytyi kuvitella heidän jännitystään.

Apretó las mandíbulas con toda la fuerza que tenía.

Hän puristi leukansa yhteen kaikella voimallaan.

Y continuó girando la llave en la cerradura.

Ja hän jatkoi avaimen kääntämistä lukossa.

Dolorosamente su cuerpo se retorció en un círculo.

Hänen ruumiinsa pyöri tuskallisesti ympyrää.

Ahora se mantenía erguido únicamente con la boca.

Hän pysyi nyt pystyssä pelkän suunsa avulla.

Para seguir girando la llave presionó contra la puerta.

Jatkaakseen avaimen vääntelyä hän painoi ovea vasten.

Finalmente el chasquido de la cerradura despertó de nuevo a Gregor.

Lopulta lukon napsahdus herätti Gregorin uudelleen.

"Así que no necesité al cerrajero", suspiró aliviado.

"Joten en tarvinnut lukkoseppää", hän huokaisi helpotuksesta.

Ahora sólo faltaba abrir la puerta que había desbloqueado.

Nyt hänen tarvitsi vain avata ovi, jonka hän oli lukinnut.

Y con la cabeza en el pomo abrió la puerta.

Ja päänsä ovenkahvassa hän avasi oven.

Estaba detrás de la puerta que daba a su habitación.

Hän oli oven takana, joka johti hänen huoneeseensa.

Así que la puerta ya estaba abierta antes de que pudiera ser visto.

Ovi oli siis jo auki ennen kuin hänet nähtiin.

A continuación tuvo que maniobrar para rodear la puerta.

Seuraavaksi hänen täytyi liikkua oven ympäri.

Este difícil movimiento también requirió mucho esfuerzo.

Tämä vaikea liike vaati myös paljon vaivaa.

No quería caer torpemente en la habitación contigua.

Hän ei halunnut pudota kömpelösti viereiseen huoneeseen.

Así que no tuvo tiempo de prestar atención a nada más.
Niinpä hänellä ei ollut aikaa kiinnittää huomiota mihinkään
muuhun.
**Pero entonces oyó al jefe de oficina exclamar en voz alta:
"¡Oh!".**
Mutta sitten hän kuuli pääkirjurin sanovan kovaa: "Voi!"
Sonaba como si el viento corriera a través de la casa.
Kuulosti siltä kuin tuuli olisi puhaltanut talon läpi.
Resultó que él era el que estaba más cerca de la puerta.
Hän sattui olemaan se, joka oli lähimpänä ovea.
Y al verlo, se llevó la mano a la boca.
Ja nyt, nähdessään hänet, hän painoi kätensä hänen suulleen.
Se movió lentamente hacia atrás, alejándose de Gregor.
Hän liikkui hitaasti taaksepäin, poispäin Gregorista.
Pero era como si una fuerza invisible actuara sobre él.
Mutta oli kuin jokin näkymätön voima olisi vaikuttanut
häneen.
Lo primero que hizo la madre fue mirar al padre.
Ensimmäiseksi äiti katsoi isää.
**A pesar de la presencia del gerente, su cabello estaba
despeinado.**
Päällikön läsnäolosta huolimatta hänen hiuksensa olivat
sekaisin.
Desplegó los brazos y dio dos pasos hacia adelante.
Hän levitti käsivartensa ja otti kaksi askelta eteenpäin.
Pero entonces se desplomó en medio de su falda.
Mutta sitten hän lysähti keskelle hamettaan.
Su vestido se extendió a su alrededor en el suelo.
Hänen mekkonsa levisi lattialle kaikkialle hänen ympärilleen.
Y su cabeza desapareció sobre sus propios pechos.
Ja hänen päänsä katosi hänen omille rinnoilleen.
El padre apretó el puño con expresión hostil.
Isä puristi nyrkkinsä vihamielisellä ilmeellä.
**Parecía querer que Gregor fuera empujado de nuevo a su
habitación.**
Hän näytti haluavan Gregorin työnnettävän takaisin
huoneeseensa.

Luego miró con incertidumbre alrededor de la sala de estar.
Sitten hän katseli epävarmasti ympärilleen olohuoneessa.
Y finalmente se cubrió los ojos entre las manos.
Ja lopuksi hän peitti silmänsä käsiensä väliin.
Y lloró amargamente hasta que su poderoso pecho se estremeció.
Ja hän itki katkerasti, kunnes hänen mahtava rintansa vapisi.
Gregor en realidad no entró en su habitación.
Gregor ei itse asiassa mennyt heidän huoneeseensa ollenkaan.
En lugar de eso, se apoyó contra el marco de la puerta.
Sen sijaan hän nojasi ovenkarmia vasten.
Para los que estaban desde fuera solo era visible la mitad de su cuerpo.
Ulkopuolisille näkyi vain puolet hänen ruumiistaan.
Y encima de su cuerpo estaba su cabeza, inclinada hacia un lado.
Ja hänen vartalonsa päällä oli hänen päänsä, kallistuneena sivuttain.
Para entonces la luz se había vuelto mucho más brillante que antes.
Nyt valo oli jo paljon kirkkaampi kuin ennen.
Ahora se podía ver claramente el otro lado de la calle.
Kadun toinen puoli näkyi nyt selvästi.
Apareció una sección del interminable y gris hospital.
Osa loputtomasta, harmaasta sairaalasta paljastui.
La lluvia de la mañana aún no había parado del todo de caer.
Aamuinen sade ei ollut vielä kokonaan lakannut.
Pero ahora las gotas de lluvia eran más grandes y estaban más separadas.
Mutta nyt sadepisarat olivat suurempia ja kauempana toisistaan.
Los platos del desayuno estaban en abundancia en la mesa.
Aamiaisruokia oli pöydässä yllin kyllin.
El padre pensaba que el desayuno era la comida más importante.
Isä piti aamiaista tärkeimpänä ateriana.

El desayuno era una comida que se prolongaba durante horas.

Aamiainen oli ateria, jota hän raahasi tuntikausia.

Y en esas horas leía los distintos periódicos.

Ja näinä aikoina hän luki erilaisia sanomalehtiä.

Justo en la pared opuesta colgaba una fotografía de Gregor.

Vastakkaisella seinällä riippui valokuva Gregorista.

La fotografía en la pared lo mostraba como teniente.

Seinällä olevassa valokuvassa hänet oli esitetty luutnanttina.

Era una fotografía de su época en el ejército.

Se oli kuva ajalta, jolloin hän oli armeijassa.

Su mano estaba sobre su espada y tenía una sonrisa despreocupada.

Hänen kätensä oli miekallaan ja hänellä oli huoleton hymy.

Su postura y su uniforme exigían cierto respeto.

Hänen ryhtinsä ja univormunsa vaativat tiettyä kunnioitusta.

La otra puerta que conducía a la antesala también estaba abierta.

Toinenkin ovi, joka johti eteiseen, oli auki.

Y la puerta del apartamento todavía estaba abierta también.

Ja asunnon ovi oli edelleen auki.

Se podía ver hasta el patio delantero del apartamento.

Asunnon etupihalle asti näkyi.

Y luego las escaleras conducían a la calle de abajo.

Ja sitten portaat johtivat alas kadulle.

Gregor fue el único que mantuvo la compostura.

Gregor oli ainoa, joka oli säilyttänyt malttinsa.

Él vio esto, por lo que la conversación era su responsabilidad.

Hän näki tämän, joten keskustelu oli hänen vastuullaan.

"Bueno, ahora me voy a vestir para ir a trabajar", dijo.

"No, minä menen nyt pukemaan vaatteet töihin", hän sanoi.

"Después de haber empaquetado las muestras textiles, me iré."

"Lähden pakattuani tekstiilinäytteet."

"¿Aún tiene intención de dispararme, señor Prokurist?"

"Aiotteko yhä ampua minut tuleen, herra Prokurist?"

"Como puedes ver, no soy tan terco como pensabas."
"Kuten näet, en olekaan niin itsepäinen kuin luulit."
"Y puedes ver que después de todo me gusta trabajar".
"Ja näethän, että minä loppujen lopuksi tykkäänkin tehdä
töitä."
"Puedo admitir que viajar por trabajo no es fácil".
"Voin myöntää, että työmatkustaminen ei ole helppoa."
"Pero también puedo aceptar que es parte de mi trabajo".
"Mutta voin myös hyväksyä, että se on osa työtäni."
"Gerente, ¿adónde va? ¿De vuelta a la oficina?"
"Johtaja, minne olette menossa? Takaisin toimistolle?"
"¿Informarás verazmente de todo lo que has visto?"
"Aiotko kertoa totuudenmukaisesti kaiken, mitä olet nähnyt?"
"A veces sucede que uno no puede ir a trabajar."
"Joskus käy niin, ettei pysty menemään töihin."
"Este es el momento adecuado para recordar los logros
pasados".
"Nyt on oikea aika muistella menneitä saavutuksia."
"Después de eliminar la dificultad, uno trabaja aún mejor."
"Vaikeuden poistamisen jälkeen työskentely on vielä
parempaa."
"Mi diligencia y concentración aumentarán".
"Ahkeruuteni ja keskittymiskykyni ovat lisääntymässä."
"Sabes muy bien que estoy en deuda con el jefe."
"Tiedät oikein hyvin, että olen kiitollisuudenvelassa pomolle."
"Pero también estoy preocupada por mis padres y mi
hermana".
"Mutta olen myös huolissani vanhemmistani ja siskostani."
"Estoy en una situación difícil, pero encontraré la manera de
salir de ella".
"Olen tiukassa tilanteessa, mutta selviän siitä kaikin keinoin."
"No hagas esto más difícil de lo que ya es."
"Älä tee tästä vaikeampaa kuin se jo on."
"Como compañeros de trabajo también tenemos que
ayudarnos unos a otros".
"Työtovereina meidänkin on autettava toisiamme."

"Sé que a los trabajadores de oficina no les gustan los viajeros".

"Tiedän, etteivät toimistotyöntekijät pidä matkalaisista."

"¿Crees que ganamos una fortuna y llevamos una buena vida?"

"Luuletko, että me tienaamme omaisuuden ja elämme hyvää elämää?"

"No tienen ningún motivo real para considerar sus prejuicios".

"Heillä ei ole mitään todellista syytä ottaa huomioon ennakkoluulojaan."

"Pero usted, oficial autorizado, tiene un papel diferente."

"Mutta teillä, valtuutetulla virkailijalla, on eri rooli."

"Tienes una mejor visión general que el resto del personal".

"Sinulla on parempi yleiskuva asioista kuin muulla henkilökunnalla."

"De hecho, creo que probablemente tengas la mejor visión general".

"Itse asiassa luulen, että sinulla on ehkä paras yleiskuva."

"Tienes una visión mejor que el propio jefe".

"Sinulla on parempi yleiskuva asioista kuin pomolla itsellään."

"Admito que el jefe hace el trabajo empresarial".

"Myönnän, että pomo tekee yrittäjätyötä."

"Pero es fácil que sus juicios sean erróneos."

"Mutta hänen tuomionsa voivat helposti johtaa harhaan."

"Y estos pequeños errores de juicio pueden ser en nuestro detrimento".

"Ja nämä pienet virhearvioinnit voivat olla meille haitaksi."

"Ya sabes lo fácil que es hablar del viajero."

"Tiedäthän, kuinka helppoa on puhua matkalaisesta."

"Él no está allí para defender su reputación de los chismes".

"Hän ei ole siellä puolustamassa mainettaan juoruilta."

"Esas acusaciones pueden fácilmente ser meras coincidencias".

"Nämä syytökset voivat helposti olla vain sattumaa."

"Muchas quejas ni siquiera tienen su base en ninguna verdad."

"Monet valitukset eivät edes perustu mihinkään totuuteen."
"Está fuera de la oficina casi todo el año."
"Hän on poissa toimistolta melkein koko vuoden."
¿Qué posibilidades tiene de defender su propia reputación?
"Mitä mahdollisuuksia hänellä on puolustaa omaa mainettaan?"
"Ni siquiera se entera de las acusaciones".
"Hän ei edes kuule syytöksistä."
"Se entera de lo que se ha dicho cuando ya es demasiado tarde."
"Hän saa selville, mitä on sanottu, vasta kun on liian myöhäistä."
A estas alturas ya está exhausto por el viaje del día.
"Siihen mennessä hän on uupunut päivän matkasta."
"De todos modos, tendrá que experimentar las terribles consecuencias".
"Hän joutuu joka tapauksessa kokemaan kauheat seuraukset."
"Aunque no tiene forma de entender el problema."
"Vaikka hän ei mitenkään ymmärrä ongelmaa."
"Oh, gerente, no se vaya sin decirme una palabra".
"Voi johtaja, älä lähde sanomatta minulle sanaakaan."
"Al menos dime que estás de acuerdo conmigo en parte."
"Sano ainakin, että olet osittain samaa mieltä kanssani."
Pero el manager se había alejado de Gregor mucho antes.
Mutta johtaja oli kääntynyt pois Gregorista paljon aiemmin.
Su hombro se contrajo cuando volvió a mirar a Gregor.
Hänen olkapäänsä nytkähti, kun hän katsoi takaisin Gregoriin.
Y no se quedó quieto ni un solo momento durante su discurso.
Eikä hän pysähtynyt kertaakaan puheen aikana.
Él había mirado a Gregor con los labios fruncidos.
Hän oli katsonut Gregoria huulet yhteen puristettuina.
Se había ido retirando gradualmente hacia la puerta.
Hän oli vähitellen vetäytynyt ovea kohti.
Pero tampoco podía apartar la mirada de Gregor.
Mutta hän ei voinut irrottaa katsettaan Gregorista.

Sintió como si hubiera una prohibición secreta de salir de la habitación.

Hänestä tuntui kuin huoneesta poistuminen olisi ollut salaisen kiellon alaisena.

Pero a estas alturas ya estaba en el vestíbulo de entrada.

Mutta tässä vaiheessa hän oli jo eteishallissa.

Y ahora hizo un movimiento repentino hacia la salida.

Ja nyt hän teki äkillisen liikkeen uloskäyntiä kohti.

Extendió su mano derecha hacia las escaleras.

Hän ojensi oikean kätensä portaita kohti.

Quizás una fuerza sobrenatural estaba esperando para salvarlo.

Ehkä jokin yliluonnollinen voima odotti pelastaakseen hänet.

Gregor sabía que no podía permitir que se fuera así.

Gregor tiesi, ettei hän voinut antaa hänen lähteä tällä tavalla.

El gerente no debe regresar con el mismo humor en el que estaba.

Johtaja ei saa palata samassa mielentilassa kuin oli.

La seguridad del trabajo de Gregor estaba en grave peligro.

Gregorin työpaikan turvallisuus oli vakavasti uhattuna.

Los padres no podían comprender plenamente todo esto.

Vanhemmat eivät voineet täysin ymmärtää kaikkea tätä.

Con los años se habían acostumbrado a su seguridad laboral.

Vuosien varrella he olivat tottuneet hänen työsuhteensa turvallisuuteen.

Y se convencieron de que tenía el trabajo de por vida.

Ja he olivat vakuuttuneita siitä, että hänellä oli työ loppuiäkseen.

En lugar de eso, se habían ocupado de otras preocupaciones.

Sen sijaan heillä oli ollut kiire muiden huolien parissa.

Pero estas preocupaciones les hicieron perder toda previsión.

Mutta nämä huolet johtivat siihen, että he menettivät kaiken kaukonäköisyyden.

Gregor, sin embargo, no había perdido la previsión paterna.

Gregor ei kuitenkaan ollut menettänyt vanhempiensa kaukonäköisyyttä.

Alguien tenía que detener al representante autorizado.

Jonkun oli pakko pysäyttää valtuutettu edustaja.

Iba a tener que calmarlo y convencerlo.

Hänen täytyisi rauhoitella ja vakuuttaa hänet.

¡El futuro de Gregor y su familia dependía de ello!

Gregorin ja hänen perheensä tulevaisuus riippui siitä!

Ojalá la inteligente hermana hubiera estado allí para ayudar.

Kunpa älykäs sisko olisi ollut täällä auttamassa.

Ella ya había llorado cuando Gregor todavía estaba en su habitación.

Hän oli jo itkenyt, kun Gregor oli vielä huoneessaan.

En ese momento él simplemente yacía tranquilamente boca arriba.

Sillä hetkellä hän vain makasi hiljaa selällään.

Ella ya sabía entonces la importancia de la situación.

Hän tiesi jo silloin tilanteen tärkeyden.

El gerente tenía una debilidad bien conocida por las mujeres.

Johtajalla oli tunnetusti heikkous naisia kohtaan.

Ella fácilmente podría haberlo persuadido para que se quedara más tiempo.

Hän olisi helposti voinut suostutella hänet jäämään pidemmäksi aikaa.

Ella habría cerrado la puerta y lo habría guiado adentro.

Hän olisi sulkenut oven ja ohjannut hänet takaisin sisään.

Pero desafortunadamente la hermana había ido a buscar un médico.

Mutta valitettavasti sisar oli mennyt hakemaan lääkäriä.

Así que Gregor no tuvo más remedio que hacerlo él mismo.

Siksi Gregorilla ei ollut muuta vaihtoehtoa kuin tehdä se itse.

No había considerado cuáles eran realmente sus habilidades.

Hän ei ollut ajatellut, mitkä hänen kyvyt todellisuudessa olivat.

Y se había olvidado de desconfiar de su capacidad de hablar.

Ja hän oli unohtanut luottaa puhekykyynsä.

Pero aún así, abandonó la seguridad de su habitación.

Mutta silti hän poistui huoneensa turvallisesta paikasta.

Y se abrió paso a través de la abertura de la habitación.

Ja hän työnsi itsensä huoneen aukosta sisään.
El gerente ya estaba bajando las escaleras.
Johtaja oli jo matkalla alas portaita.
Pero él se agarraba a la barandilla con ambas manos.
Mutta hän piti kaiteista kiinni molemmilla käsillään.
Gregor se cayó mientras intentaba atravesar la puerta.
Gregor kaatui työntyessään itsensä ovesta sisään.
Dejó escapar un pequeño grito mientras trataba de agarrar algo para apoyarse.
Hän päästi pienen kiljahduksen tarttuessaan tukeen.
Pero en lugar de pánico, sintió un bienestar físico.
Mutta paniikin sijaan hän tunsi fyysistä hyvinvointia.
Por primera vez esa mañana algo se sintió bien.
Ensimmäistä kertaa sinä aamuna jokin tuntui oikealta.
Todas sus piernas ahora tenían tierra sólida debajo de ellas.
Kaikilla hänen jaloillaan oli nyt tukeva maa alla.
Se sorprendió de lo bien que podía controlar sus piernas.
Hän oli yllättynyt siitä, kuinka hyvin hän pystyi hallitsemaan jalkojaan.
Se alegró de notar que sus piernas le obedecían completamente.
Hän oli iloinen huomatessaan, että hänen jalkansa tottelivat häntä täysin.
De hecho, sus piernas lo llevaban a donde quería.
Itse asiassa hänen jalkansa kantoivat häntä minne hän halusi.
Pronto todas sus penas estaban destinadas a llegar a su fin.
Pian kaikki hänen surunsa olisivat päättymässä.
Pero en ese mismo momento su propia madre saltó.
Mutta juuri samassa hetkessä hänen oma äitinsä hyppäsi ylös.
Sus brazos estaban extendidos y sus dedos separados.
Hänen kätensä olivat ojennettuina ja sormet levällään.
Y ella gritó: "¡Socorro! ¡Por el amor de Dios, que alguien ayude!"
Ja hän huusi: "Apua, Jumalan tähden, joku auttakoon!"
Ella inclinó la cabeza; quería ver mejor a Gregor.
Hän kallistaa päätään; hän halusi nähdä Gregorin paremmin.

Pero en contraposición a la primera acción, ella corrió hacia atrás.

Mutta ensimmäiseen tekoon reagoiden hän juoksi takaisin.

Se había olvidado que la mesa estaba puesta detrás de ella.

Hän oli unohtanut, että pöytä oli katettu hänen taakseen.

Todos los elementos para el desayuno todavía estaban en la mesa.

Kaikki aamiaiseksi tarvittava oli vielä pöydässä.

Se sentó apresuradamente en la mesa, como distraída.

Hän istuutui hätäisesti pöydän ääreen, ikään kuin olisi ollut hajamielinen.

Y ella no pareció darse cuenta del café derramado.

Eikä hän näyttänyt huomaavan läikkynyttä kahvia.

El café que ahora estaba empapando la alfombra.

Kahvi, joka nyt imeytyi mattoon.

—Mamá, madre —dijo Gregor suavemente, mirándola.

"Äiti, äiti", Gregor sanoi hiljaa ja katsoi häntä.

Por el momento el manager no era importante para él.

Sillä hetkellä johtaja ei ollut hänelle tärkeä.

Pero también estaba el café goteando sobre la alfombra.

Mutta matolle tippui myös kahvia.

Gregor no pudo resistirse a chasquear las mandíbulas al tomar el café.

Gregor ei voinut vastustaa kiusausta napsahtaa leukansa kahvikupilliselle.

La madre comenzó a llorar nuevamente por su comportamiento.

Äiti alkoi itkeä uudelleen miehen käytöksen takia.

Ella saltó de la mesa para distanciarse de él.

Hän hyppäsi pöydältä ottaakseen etäisyyttä häneen.

Y ella corrió a los brazos del padre, buscando seguridad.

Ja hän juoksi isän syliin turvaan.

Pero Gregor ya no tenía tiempo que perder con sus padres.

Mutta Gregorilla ei ollut nyt aikaa vanhemmilleen.

El oficial autorizado ya estaba en las escaleras.

Valtuutettu virkailija oli jo portaissa.

Apoyó la barbilla en la barandilla para mirar dentro de la casa.

Hän nojasi leukaansa kaiteeseen nähdäkseen sisään taloon.

Al parecer quería echar un último vistazo al espectáculo.

Ilmeisesti hän halusi vielä viimeisen kerran vilkaista tätä spektaakkelia.

Y Gregor hizo un último esfuerzo para llegar hasta el gerente.

Ja Gregor teki viimeisen yrityksen tavoittaakseen johtajan.

Corrió hacia la puerta tan seguro como pudo.

Hän juoksi ovea kohti niin turvallisesti kuin pystyi.

Pero el jefe de oficina debía de sospechar algo.

Mutta päällikön on täytynyt epäillä jotakin.

Porque saltó varios escalones y desapareció.

Koska hän hyppäsi alas useita portaita ja katosi.

—¡Huh! —gritó Gregor, resonando en la escalera.

"Höh!" huusi Gregor, ja kaikui portaikossa.

La fuga del gerente también pareció confundir a su padre.

Myös johtajan pako näytti hämmentävän hänen isäänsä.

Hasta entonces había conseguido mantener la compostura.

Siihen asti hän oli onnistunut pysymään varsin rauhallisena.

Pero desgraciadamente él también perdió la compostura que había tenido.

Mutta valitettavasti hänkin menetti entisen malttinsa.

Lo que debería haber hecho es ayudar a Gregor en su persecución.

Hänen olisi pitänyt auttaa Gregoria hänen jahdissaan.

Pero con una mano agarró el bastón del gerente.

Mutta hän tarttui johtajan kävelykeppiin toiseen käteen.

Y en la otra mano sostenía ahora un periódico.

Ja toisessa kädessään hän piteli nyt sanomalehteä.

Y ahora estorbó directamente a Gregor en su persecución.

Ja nyt hän suoraan esti Gregoria hänen takaa-ajossa.

Se había colocado entre Gregor y la calle.

Hän oli asettunut Gregorin ja kadun väliin.

Golpeó el suelo con los pies y agitó el palo y el periódico.

Hän polki jalkojaan ja heilutti keppiä ja sanomalehteä.

Y él estaba forzando activamente a Gregor a regresar a su habitación.
Ja hän aktiivisesti pakotti Gregorin takaisin huoneeseensa.
Ninguna de las peticiones que Gregor intentó hacer sirvió de algo.
Yksikään Gregorin esittämistä pyynnöistä ei auttanut.
Porque ninguna de las peticiones que hizo fue entendida.
Koska yhtäkään hänen esittämistään pyynnöistä ei ymmärretty.
Giró la cabeza hacia un ángulo más profundo y humilde.
Hän käänsi päänsä syvempään, nöyrempään kulmaan.
Pero su padre respondió golpeando el suelo con más fuerza.
Mutta hänen isänsä vastasi polkemalla jalkojaan vielä kovemmin.
La madre abrió una ventana, a pesar del clima frío.
Äiti avasi ikkunan viileästä säästä huolimatta.
Y apretó su cara entre sus manos en el frío.
Ja hän painoi kasvonsa käsiinsä kylmässä.
El viento ahora podría pasar por todo el apartamento.
Tuuli pääsi nyt puhaltamaan koko asunnon läpi.
Una fuerte corriente de aire soplaba desde la escalera hacia el callejón.
Voimakas veto puhalsi portaikosta kujalle.
Las cortinas se agitaban a causa del fuerte viento.
Verhot lepattivat kovassa tuulessa.
Y el periódico sobre la mesa crujió con el viento.
Ja pöydällä oleva sanomalehti kahisi tuulessa.
Incluso algunas hojas fueron arrastradas hasta el interior de la casa desde el exterior.
Ulkoa puhallettiin jopa lehtiä talon sisälle.
El padre pateaba y empujaba sin descanso.
Isä tömisteli jalkojaan ja työnsi armottomasti.
Y silbaba y hacía ruidos como lo haría un hombre salvaje.
Ja hän sihisi ja päästi ääniä kuin villimies.
Pero Gregor aún no había practicado el caminar hacia atrás.
Mutta Gregor ei ollut vielä harjoitellut takaperin kävelyä.

Incluso Gregor admitiría que este movimiento era mucho más lento.

Jopa Gregor myöntäisi, että tämä liike oli paljon hitaampaa.

Pero lo único que quería era la oportunidad de cambiar las cosas.

Hän halusi kuitenkin vain tilaisuuden kääntyä.

Entonces se habría ido directamente a su habitación.

Sitten hän olisi mennyt suoraan huoneeseensa.

Pero tenía demasiado miedo de impacientar a su padre.

Mutta hän pelkäsi liikaa tekevänsä isänsä kärsimättömäksi.

Y allí estaba la amenaza de un golpe con el palo.

Ja uhkasi joutua kepillä lyödyksi.

Un golpe así en la parte posterior de la cabeza podría ser fatal.

Tällainen isku pään takaosaan voi olla kohtalokas.

Pero al final Gregor no tuvo otra opción.

Mutta lopulta Gregorilla ei ollut muuta vaihtoehtoa.

Se dio cuenta de que ni siquiera podía caminar hacia atrás en línea recta.

Hän tajusi, ettei pystynyt edes kävelemään suoraan taaksepäin.

Empezó a girar tan rápido como pudo.

Hän alkoi kääntyä ympäri niin nopeasti kuin pystyi.

Pero en realidad este movimiento giratorio era igualmente lento.

Mutta todellisuudessa tämä kääntymisliike oli aivan yhtä hidas.

Y le siguieron las miradas ansiosas del padre.

Ja isän huolestuneet katseet seurasivat häntä.

Quizás el padre notó las buenas intenciones de Gregor.

Ehkä isä huomasi Gregorin hyvät aikomukset.

Porque no le impidió darse la vuelta.

Koska hän ei häirinnyt häntä kääntymästä.

Incluso utilizó la punta de su bastón para guiar la rotación.

Hän jopa käytti keppinsä kärkeä ohjatakseen pyörimistä.

¡Pero Gregor aún deseaba que su padre no le hubiera silbado!

Mutta Gregor toivoi yhä, ettei isä olisi sihissyt hänelle!

El silbido sólo aumentó la confusión del momento.

Suhina vain lisäsi hetken hämmennystä.

Y luego cometió un error y giró en la dirección equivocada.

Ja sitten hän teki virheen ja käänsi tiensä väärään suuntaan.

Al final logró encarar el camino correcto.

Lopulta hän onnistui lopulta kääntymään oikeaan suuntaan.

Y estaba satisfecho con el progreso que había logrado.

Ja hän oli tyytyväinen saavuttamaansa edistykseen.

Pero entonces el siguiente problema se hizo aún más evidente.

Mutta sitten seuraava ongelma kävi entistä ilmeisemmäksi.

Su cuerpo era demasiado ancho para pasar fácilmente por la puerta.

Hänen ruumiinsa oli liian leveä mahtuakseen helposti ovesta läpi.

En su estado actual el padre no se dio cuenta de esto.

Nykyisessä tilassaan isä ei huomannut tätä.

Así que no se le ocurrió abrir más la puerta.

Niinpä hänelle ei tullut mieleenkään avata ovea pidemmälle.

Entonces habría habido suficiente espacio para Gregor.

Silloin Gregorille olisi ollut tarpeeksi tilaa.

Su única prioridad era conseguir que Gregor entrara a su habitación.

Hänen ainoa prioriteettinsa oli saada Gregor huoneeseensa.

Habría tenido que ponerse de pie para poder pasar por la puerta.

Hänen olisi pitänyt nousta seisomaan mahtuakseen ovesta sisään.

Pero el padre no hubiera permitido tal maniobra.

Mutta isä ei olisi sallinut sellaista temppua.

De hecho, le estaba siseando aún más salvajemente que antes.

Itse asiassa hän sihisi hänelle vielä villimmin kuin ennen.

Sonaba como si más de un hombre le estuviera silbando.

Kuulosti siltä, että useampi kuin yksi mies oli sihisemässä hänelle.

Sus demandas parecían tener una nueva urgencia detrás.

Hänen vaatimuksillaan näytti olevan uusi kiireellisyys.

Realmente ya no había más tiempo para perder el tiempo.

Nyt ei todellakaan ollut enää aikaa höpiskellä.

Pasara lo que pasara, Gregor tenía que atravesar la puerta.

Olipa tilanne mikä tahansa, Gregorin oli päästävä ovesta
sisään.

Se abrió paso sin ningún respeto por sí mismo.

Hän puski itsensä eteenpäin välittämättä lainkaan
itsekeskeisyydestä.

**Un lado de su cuerpo fue empujado hacia arriba por el
movimiento.**

Liike pakotti hänen ruumiinsa toisen puolen ylöspäin.

Y él yacía torpe y torcido en el umbral de la puerta.

Ja hän makasi kömpelösti ja vinosti ovensuussa.

Uno de sus flancos quedó en carne viva rozando la madera.

Toinen hänen kylkistään oli hangattu raa'aksi puuta vasten.

Y había dejado feas manchas en la puerta pintada de blanco.

Ja hän oli jättänyt rumia tahroja valkoiseksi maalattuun oveen.

**Las piernas de uno de sus costados colgaban temblando en
el aire.**

Hänen toisen kyljensä jalat roikkuivat vapisten ilmassa.

**Sus otras piernas estaban presionadas dolorosamente contra
el suelo.**

Hänen muut jalkansa painautuivat kivuliaasti lattiaan.

**Pronto se quedaría atrapado completamente entre las
puertas.**

Pian hän jäisi kokonaan jumiin ovien väliin.

Y entonces no habría podido moverse en absoluto.

Ja sitten hän ei olisi pystynyt liikkumaan ollenkaan.

Pero el padre le dio un fuerte empujón realmente liberador.

Mutta isä antoi hänelle todella vapauttavan voimakkaan
sysäyksen.

**Y cayó, sangrando profusamente, hasta el fondo de su
habitación.**

Ja hän putosi, vuotaen verta rankasti, syvälle huoneeseensa.

El padre cerró la puerta tras de sí con su bastón.

Isä paiskasi oven kepillään kiinni perässään.
Y finalmente hubo algo de paz y tranquilidad nuevamente.
Ja sitten vihdoin koitti taas rauha ja hiljaisuus.

Segunda parte
Toinen osa

Gregor no se despertó hasta mucho más tarde ese mismo día.
Gregor heräsi vasta paljon myöhemmin päivällä.
Había anochecido; había dormido profundamente e inconscientemente.
Hämärä oli laskeutunut; hän oli nukkunut raskaasti ja tiedottomana.
Se habría despertado incluso sin que nadie lo hubiera molestado.
Hän olisi herännyt, vaikka häntä ei olisi häiritty.
Porque se sentía suficientemente descansado y bien dormido.
Koska hän tunsi olonsa riittävän levänneeksi ja hyvin nukkuneeksi.
Pero le pareció oír unos pasos fugaces afuera.
Mutta hän luuli kuulevansa ulkoa joitakin ohikiitäviä askelia.
Y alguien podría haber cerrado cuidadosamente la puerta principal.
Ja joku on saattanut sulkea etuoven huolellisesti.
La luz del tranvía eléctrico se reflejaba pálidamente en el techo.
Sähköraitiovaunun valo lankesi kalpeasti katossa.
La parte superior del mueble también recibió un poco de luz.
Myös huonekalujen yläosat saivat hieman valoa.
Pero allá abajo, a la altura de Gregor, estaba oscuro.
Mutta alhaalla maassa, Gregorin tasolla, oli pimeää.
Sus piernas lo empujaron lentamente hacia la puerta nuevamente.
Hänen jalkansa työnsivät häntä hitaasti taas ovea kohti.
Tenía mucha curiosidad por ver qué había sucedido allí.
Hän oli hyvin utelias näkemään, mitä siellä oli tapahtunut.
Pero su control de sus sensores aún no estaba desarrollado.
Mutta hänen tuntoaistinsa eivät olleet vielä hallinneet itseään.
Aunque empezó a apreciar estos nuevos sensores.

Vaikka hän alkoi arvostaa näitä uusia antureita.

Una cicatriz larga y desagradable parecía recorrer su costado izquierdo.

Pitkä, epämiellyttävä arpi näytti kulkevan hänen vasenta kylkeään pitkin.

La cicatriz parecía como si apretara ese lado de su cuerpo.

Arpi tuntui kiristävän sitä puolta hänen ruumiistaan.

Y entonces tuvo que cojear literalmente sobre sus dos filas de piernas.

Ja niin hänen täytyi kirjaimellisesti ontua kahdella rivillään jalkojaan.

Esa mañana una de sus piernas resultó gravemente herida.

Toinen hänen jaloistaan oli loukkaantunut vakavasti sinä aamuna.

Realmente fue un milagro que no se hubiera roto más piernas.

Oli todella ihme, ettei hän ollut murtanut enempää jalkoja.

Y así arrastró sin vida su pierna herida.

Ja niin hän raahasi loukkaantunutta jalkaansa elottomana perässään.

Cuando llegó a la puerta se dio cuenta de algo profundo.

Saavuttuaan ovelle hän tajusi jotakin syvällistä.

Fue el olor de algo lo que lo atrajo hasta allí.

Se oli jonkin haju, joka oli houkutellut hänet sinne.

A Gregor le habían dejado algo comestible en su habitación.

Gregorille oli jätetty jotain syötävää hänen huoneeseensa.

Trozos de pan blanco flotando en un cuenco de leche dulce.

Valkoisen leivän paloja kelluu kulhossa makeaa maitoa.

Apenas podía contener la alegría que había dentro de él.

Hän tuskin pystyi pidättelemään sisällään olevaa iloa.

Ahora tenía incluso más hambre que por la mañana.

Hän oli nyt vielä nälkäisempi kuin aamulla.

Inmediatamente sumergió su cabeza en el cuenco de leche.

Hän kastoi heti päänsä maitokulhoon.

La leche le salía casi por toda la cabeza, hasta los ojos.

Maitoa valui lähes koko hänen päänsä päälle, silmiä myöten.

Pero pronto echó la cabeza hacia atrás, amargamente decepcionado.

Mutta pian hän veti päänsä taaksepäin, katkeran pettyneenä.

Comer era difícil debido a su delicado lado izquierdo.

Syöminen oli vaikeaa hänen herkän vasemman puolensa vuoksi.

Y sólo podía comer jadeando con todo su cuerpo.

Ja hän pystyi syömään vain läähättämällä koko ruumiillaan.

Pero esa no fue la verdadera razón de su decepción.

Mutta se ei ollut hänen pettymyksensä todellinen syy.

La leche siempre había sido uno de sus platos favoritos.

Maito oli aina ollut yksi hänen lempiruoistaan.

No tenía ninguna duda de que su hermana recordaba esto.

Hänellä ei ollut epäilystäkään siitä, etteikö hänen sisarensa olisi muistanut tämän.

Y esa fue la razón por la que le había dado leche.

Ja siksi hän oli antanut hänelle maitoa.

No podía explicar por qué ahora no le gustaba la leche.

Hän ei osannut selittää, miksi hän nyt ei pitänyt maidosta.

Y se apartó del cuenco casi con reticencia.

Ja hän käänsi selkänsä kulholta lähes vastahakoisesti.

Decepcionado, se arrastró de nuevo hasta el centro de la habitación.

Pettyneenä hän ryömi takaisin huoneen keskelle.

Desde allí pudo ver a través de la rendija de la puerta.

Tässä hän pystyi näkemään oven raosta.

Pudo ver que el fuego en la sala de estar estaba encendido.

Hän näki, että olohuoneessa oli tuli.

Generalmente a esta hora el padre leía el periódico.

Yleensä tähän aikaan isä luki sanomalehteä.

Él siempre solía leerle a la madre en voz alta.

Hän luki aina äidille korotetulla äänellä.

A veces la hermana también escuchaba al padre.

Joskus sisko myös kuunteli isää.

Ella siempre le había contado a Gregor sobre esta lectura en voz alta.

Hän oli aina kertonut Gregorille tästä ääneen lukemisesta.

Pero hoy no se oía ningún sonido en la habitación.
Mutta tänään huoneesta ei kuulunut ääntäkään.
Quizás este hábito ya había caído en desuso.
Ehkä tämä tapa oli jo kadonnut.
Un profundo silencio se había apoderado de todo el apartamento.
Syvä hiljaisuus oli laskeutunut koko asuntoon.
Aunque sabía que el apartamento ciertamente no estaba vacío.
Vaikka hän tiesikin, ettei asunto todellakaan ollut tyhjä.
«¡Qué vida tan tranquila lleva la familia!», pensó Gregor.
"Mikä rauhallista elämää perheellä onkaan", ajatteli Gregor.
Y miró hacia la oscuridad con gran orgullo.
Ja hän tuijotti pimeyteen suurella ylpeydellä.
Estaba orgulloso de la vida que había podido darles.
Hän oli ylpeä elämästä, jonka hän oli pystynyt heille antamaan.
Estaba orgulloso del hermoso apartamento en el que vivían.
Hän oli ylpeä kauniista asunnosta, jossa he asuivat.
¿Pero toda esta paz estaba a punto de tener un final terrible?
Mutta oliko kaikella tällä rauhalla edessään kauhea loppu?
¿Les iban a quitar su prosperidad?
Otettaisiinko heiltä pois heidän vaurautensa?
¿Su satisfacción ahora era incierta en el futuro?
Oliko heidän tyytyväisyytensä tulevaisuudessa nyt epävarmaa?
Pero él no quería perderse en tales pensamientos.
Mutta hän ei halunnut vaipua sellaisiin ajatuksiin.
Para mantenerse ocupado se arrastraba arriba y abajo por las paredes.
Pysyäkseen kiireisenä hän ryömi seiniä pitkin ylös ja alas.
Durante la larga velada una puerta estaba entreabierta.
Pitkän illan aikana yksi ovi oli hieman raollaan.
Y en otro momento la otra puerta se abrió un poquito.
Ja toisella kerralla toinen ovi raottui hieman.
Pero en ambas ocasiones las puertas se cerraron rápidamente de nuevo.
de nuevo.

Mutta molemmilla kerroilla ovet suljettiin nopeasti uudelleen.
Estaba claro que alguien de fuera tenía el deseo de entrar.
Selvästikin joku ulkopuolinen halusi tulla sisään.
Pero también tenían demasiadas preocupaciones acerca de venir.
Mutta heillä oli myös liikaa huolia sisäänpääsystä.
Gregor ahora se detuvo directamente en la puerta de la sala de estar.
Gregor pysähtyi nyt suoraan olohuoneen oven eteen.
Estaba decidido a tentar de algún modo al indeciso visitante.
Hän oli päättänyt jotenkin houkutella epäröivää vierailijaa.
Y también quería saber quién había sido el visitante.
Ja hän halusi myös tietää kuka vierailija oli ollut.
Pero aquella noche la puerta no se abrió una tercera vez.
Mutta sinä iltana ovea ei avattu kolmatta kertaa.
Y Gregorio esperaba en vano junto a la puerta.
Ja Gregor vietti aikansa turhaan odottaen oven luona.
Más temprano ese día todos querían entrar a la habitación.
Aiemmin samana päivänä he kaikki halusivat tulla huoneeseen.
Ahora que las puertas estaban desbloqueadas sería más fácil para ellos.
Nyt kun ovet olisivat lukitsematta, heidän olisi helpompi.
Pero ellos prefirieron quedarse al otro lado de la habitación.
Mutta he päättivät jäädä huoneen toiselle puolelle.
Gregor se dio cuenta de que las llaves ya no estaban en sus cerraduras.
Gregor huomasi, että avaimet eivät enää olleet lukoissaan.
Alguien debe haber movido las llaves a la cerradura exterior.
Joku on varmaan siirtänyt ulkolukon avaimet.
Sólo tarde por la noche se apagó la luz de la sala de estar.
Vasta myöhään illalla olohuoneen valot sammutettiin.
La familia debe haber permanecido despierta todo el tiempo.
Perheen on täytynyt pysyä hereillä koko ajan.
Y Gregor podía oírlos claramente alejándose de puntillas.
Ja Gregor kuuli selvästi heidän hiipivän pois.
Ahora nadie vendría a ver a Gregor hasta la mañana.

Nyt kukaan ei tulisi Gregorin luo ennen aamua.

Así que tuvo mucho tiempo para sí mismo, para pensar sin interrupciones.

Niinpä hänellä oli pitkä aika omaan tahtiinsa, ajatella rauhassa.

¿Cuál sería la mejor manera de reorganizar su vida ahora?

Mikä olisi paras tapa järjestää hänen elämänsä uudelleen nyt?

Pero las altas paredes de la habitación vacía lo asustaban.

Mutta tyhjän huoneen korkeat seinät pelottivat häntä.

No le quedó más remedio que tumbarse en el suelo.

Hänellä ei ollut muuta vaihtoehtoa kuin heittäytyä makaamaan maahan.

Y nunca encontró la causa de su miedo en ese espacio.

Eikä hän koskaan löytänyt pelkonsa syytä siitä paikasta.

Era la misma habitación en la que había vivido durante cinco años.

Se oli sama huone, jossa hän oli asunut viisi vuotta.

Medio inconscientemente hizo un movimiento hacia el sofá.

Puolitietoisesti hän liikkui sohvaa kohti.

Y sin ninguna vergüenza se escondió debajo del sofá.

Ja häpeilemättä hän piiloutui sohvan alle.

Allí abajo se sintió inmediatamente de nuevo muy a gusto.

Siellä alhaalla hän tunsi olonsa heti taas erittäin mukavaksi.

A pesar de que tenía la espalda un poco presionada.

Vaikka selkä olikin vähän painava.

Ya no podía levantar la cabeza debajo del sofá.

Hän ei pystynyt enää nostamaan päätään sohvan allekaan.

Pero incluso esto lo prefería a estar en cualquier espacio abierto.

Mutta tästäkin huolimatta hän oli mieluummin mieluummin missä tahansa avoimessa paikassa.

Sin embargo, lamentó que su cuerpo fuera tan ancho.

Hän kuitenkin katui sitä, että hänen ruumiinsa oli niin leveä.

El sofá no podía cubrir completamente todo su cuerpo.

Sohva ei voinut peittää kokonaan hänen vartaloaan.

Se quedó debajo del sofá toda la noche.

Hän makasi sohvan alla koko yön.

La noche la pasó medio dormido, perturbado por el hambre.
Yön hän vietti puoliunessa, nälkänsä häiritsemänä.
Y el tiempo que estaba despierto lo pasaba preocupado o esperanzado.
Ja hereilläoloaikansa hän käytti joko murehtimiseen tai toiveikkuuteen.
Pero todas sus vagas esperanzas llevaron a la misma conclusión.
Mutta kaikki hänen epämääräiset toiveensa johtivat samaan johtopäätökseen.
No tuvo más remedio que permanecer en silencio por el momento.
Hänellä ei ollut muuta vaihtoehtoa kuin pysyä hetken hiljaa.
Tuvo que mostrar paciencia y consideración hacia la familia.
Hänen täytyi osoittaa kärsivällisyyttä ja huomaavaisuutta perhettä kohtaan.
Era la única manera de hacer soportable el inconveniente.
Se oli ainoa tapa tehdä epämukavuus siedettäväksi.
Los inconvenientes que ahora estaba causando a la familia.
Vaiva, jota hän nyt aiheutti perheelle.
No tuvo que esperar mucho para demostrar su compasión.
Hänen ei tarvinnut odottaa kauan todistaakseen myötätuntonsa.
Temprano por la mañana la hermana miró dentro de su habitación.
Varhain aamulla sisar kurkisti hänen huoneeseensa.
Aunque en realidad era tan de noche como de mañana.
Vaikka todellisuudessa oli yhtä lailla yö kuin aamukin.
Ella estaba completamente vestida y parecía mostrar entusiasmo.
Hän oli täysin pukeutunut ja näytti innostuneelta.
La fuerza de su nueva decisión podría ser puesta a prueba.
Hänen uuden päätöksensä vahvuutta voitaisiin koetella.
Ella no lo encontró inmediatamente con su primera mirada.
Hän ei löytänyt häntä heti ensi silmäyksellä.
Tenía que estar en algún lugar, no podía haber volado.
Hänen täytyi olla jossain; hän ei olisi voinut lentää pois.

Pero entonces sus ojos hicieron un segundo recorrido por la habitación.
Mutta sitten hänen katseensa pyyhkäisi huoneen toisen kerran.
Y esta vez vio su torso debajo del sofá.
Ja tällä kertaa hän huomasi miehen vartalon sohvan alta.
Estaba tan asustada que perdió todo el control de sí misma.
Hän oli niin peloissaan, että menetti kaiken itsehillinnän.
Y su primera reacción fue cerrar la puerta de golpe.
Ja hänen ensimmäinen reaktionsa oli paiskaa ovi taas kiinni.
Pero también pareció arrepentirse inmediatamente de su comportamiento.
Mutta hän näytti myös katuvan käytöstään heti.
Tan pronto como cerró la puerta de golpe, la abrió de nuevo.
Heti kun hän paiskasi oven kiinni, hän avasi sen uudelleen.
Y esta vez entró de puntillas en la habitación con cuidado.
Ja tällä kertaa hän hiipi varovasti varovasti huoneeseen.
Se movía como si estuviera visitando a una persona gravemente enferma.
Hän liikkui aivan kuin olisi käynyt vakavasti sairaan luona.
O tal vez estaba visitando a un completo desconocido.
Tai ehkä hän oli käynyt täysin tuntemattoman luona.
Gregor empujó su cabeza casi hasta el borde del sofá.
Gregor työnsi päänsä melkein sohvan reunaan.
Y desde debajo de la caja fuerte la observaba en la habitación.
Ja kassakaapin alta hän tarkkaili häntä huoneessa.
¿Se daría cuenta de que había dejado la leche?
Huomaisiko hän, että hän oli jättänyt maidon?
No había dejado la leche por falta de hambre.
Hän ei ollut jättänyt maitoa nälän puutteen vuoksi.
¿En lugar de eso le traería comida diferente?
Aikoiko hän tuoda hänelle jotain muuta ruokaa?
Quizás un plato que se ajustara mejor a sus preferencias.
Ehkä ruokalaji, joka sopisi paremmin hänen mieltymyksiinsä.
Pero ella misma habría tenido que notar su apetito.
Mutta hänen olisi pitänyt itse huomata hänen ruokahalunsa.

Preferiría morir de hambre antes que hacerle saber eso.
Hän olisi mieluummin kuollut nälkään kuin kertonut siitä
hänelle.
En realidad le habría gustado mucho decírselo.
Itse asiassa hän olisi kovasti mielellään kertonut sen hänelle.
Estuvo realmente tentado de disparar desde debajo del sofá.
Hän tunsi todella kiusausta ampaisi ulos sohvan alta.
Quería arrojarse a los pies de su hermana.
Hän halusi heittäytyä siskonsa jalkoihin.
Y quiso pedirle algo bueno para comer.
Ja hän halusi pyytää häneltä jotain hyvää syötävää.
Pero entonces la hermana miró hacia el cuenco de leche.
Mutta sitten sisko katsoi maitokulhoa kohti.
**Inmediatamente se dio cuenta de que el cuenco todavía
estaba lleno.**
Hän huomasi heti, että kulho oli yhä täynnä.
Le sorprendió bastante que Gregor no hubiera comido nada.
Hän oli aika yllättynyt, ettei Gregor ollut syönyt mitään.
Sólo se había derramado un poco de leche en el suelo.
Lattialle oli läikkynyt vain vähän maitoa.
Inmediatamente cogió el cuenco y lo sacó.
Hän otti heti kulhon ja kantoi sen ulos.
Él vio que ella no recogió el cuenco con sus propias manos.
Hän huomasi, ettei nainen nostanut kulhoa paljain käsin.
En lugar de eso, recogió el cuenco con uno de los trapos.
Sen sijaan hän nosti kulhon yhdellä rätistä.
**Pero Gregor se olvidó muy rápidamente de este pequeño
detalle.**
Mutta Gregor unohti tämän pienen yksityiskohdan hyvin
nopeasti.
Ahora estaba mucho más entusiasmado por otra cosa.
Hän oli nyt paljon innostuneempi jostain muusta.
¿Qué podría traer como reemplazo de la leche?
Mitä hän voisi tuoda maidon korvikkeeksi?
Tenía varios pensamientos sobre lo que ella podría traer.
Hänellä oli erilaisia ajatuksia siitä, mitä nainen voisi tuoda
tullessaan.

Pero la bondad de su hermana superó sus expectativas.
Mutta hänen sisarensa ystävällisyys ylitti hänen odotuksensa.
Se dio cuenta de que tenía que probar cuáles eran sus nuevos gustos.
Hän tajusi, että hänen oli kokeiltava, mitkä olivat hänen uudet makunsa.
Así que trajo toda una selección de alimentos diferentes.
Niinpä hän toi mukanaan kokonaisen valikoiman erilaisia ruokia.
Verduras medio podridas, huesos de la cena.
Puoliksi mädäntyneitä vihanneksia, luita illalliselta.
Salsa solidificada de la otra comida que habían comido.
Jähmettynyttä kastiketta heidän syömästään toisesta ateriasta.
Unas pasas, unas almendras, pan seco, pan con mantequilla.
Muutama rusina, hieman manteleita, kuivaa leipää, voileipää.
Un poco de pan untado con mantequilla y también con sal.
Jonkin verran voideltua ja myös suolattua leipää.
Queso que Gregor había declarado incomestible hacía dos días.
Juusto, jonka Gregor oli julistanut syömäkelvottomaksi kaksi päivää sitten.
Toda esta selección de comida fue colocada en un periódico.
Kaikki tämä ruokavalikoima oli sijoitettu sanomalehteen.
Y también colocó un recipiente con agua al lado de sus comidas.
Ja hän asetti myös kulhollisen vettä hänen aterioidensa viereen.
Ella sabía que Gregor no habría comido delante de ella.
Hän tiesi, ettei Gregor olisi syönyt hänen edessään.
Entonces, por respeto hacia él, salió nuevamente de la habitación.
Niinpä kunnioituksesta häntä kohtaan hän poistui huoneesta jälleen.
Y hasta giró la llave en la cerradura al salir.
Ja hän jopa käänsi avainta lukossa lähtiessään.
Pero ella giró la llave muy silenciosamente y con mucho cuidado.

Mutta hän käänsi avainta hyvin hiljaa ja varovasti.
De esta manera sólo Gregor sabría que la puerta estaba cerrada.
Tällä tavoin vain Gregor tietäisi oven olevan lukossa.
Ahora podía ponerse tan cómodo como quisiera.
Nyt hän sai tehdä olonsa niin mukavaksi kuin halusi.
Las piernas de Gregor zumbaban cuando llegó la hora de comer.
Gregorin jalat vinkuivat, kun oli syömisen aika.
Lo que vale la pena destacar es que ya no sentía ninguna molestia.
On syytä huomata, ettei hän enää tuntenut epämukavuutta.
Sus heridas deben haber sanado ya por completo.
Hänen haavansa ovat varmasti jo täysin parantuneet.
Porque ya no sentía sus discapacidades anteriores.
Koska hän ei enää tuntenut aiempia vammojaan.
Su nueva capacidad de curar lo sorprendió y lo asombró.
Hänen uusi kykynsä parantaa yllätti ja hämmästytti häntä.
Hace más de un mes se cortó el dedo con un cuchillo.
Yli kuukausi sitten hän leikkasi sormensa veitsellä.
Hasta hace dos días esa herida todavía le dolía.
Vielä kaksi päivää sitten tuo haava oli kipeä.
"¿Soy mucho menos sensible ahora?" pensó para sí mismo.
"Olenko nyt paljon vähemmän herkkä?" hän ajatteli itsekseen.
Para entonces ya estaba chupando con avidez el queso.
Tässä vaiheessa hän jo imi ahneesti juustoa.
Se sintió atraído por el queso más que por el resto de la comida.
Häntä kiehtoi juusto enemmän kuin mikään muu ruoka.
Comió rápidamente un trozo de queso tras otro.
Hän söi nopeasti yhden juustopalan toisensa jälkeen.
Sus ojos se llenaron de lágrimas de satisfacción al probarlo.
Hänen silmänsä kostuivat tyytyväisyydestä sen mausta.
Después del queso comió las verduras y la salsa.
Juuston jälkeen hän söi vihannekset ja kastikkeen.
Sin embargo, la comida fresca no le sabía bien.
Tuore ruoka ei kuitenkaan maistunut hänelle.

De hecho, ni siquiera podía soportar el olor de la comida fresca.

Itse asiassa hän ei kestänyt edes tuoreen ruoan tuoksua.

Incluso arrastró el resto de la comida lejos de la comida fresca.

Hän jopa raahasi muut ruoat pois tuoreiden ruokien joukosta.

Y muy rápidamente terminó la comida más comestible.

Ja hyvin nopeasti hän söi syötävimmän ruoan.

Toda aquella deliciosa comida tuvo sobre él un efecto soporífero.

Kaikella herkullisella ruoalla oli häneen unelias vaikutus.

Y él permaneció acostado perezosamente en el lugar donde había comido.

Ja hän makasi laiskasti siinä paikassa, jossa oli syönyt.

Finalmente su hermana regresó para ver cómo estaba nuevamente.

Lopulta hänen siskonsa tuli takaisin tarkistamaan hänen vointiaan uudelleen.

Tuvo la previsión de girar la llave muy lentamente.

Hänellä oli kaukonäköisyyttä kääntää avainta hyvin hitaasti.

Esto le dio a Gregor una advertencia de que debía retirarse.

Tämä antoi Gregorille varoituksen, että hänen pitäisi vetäytyä.

Aturdido y sobresaltado, se apresuró a volver debajo del sofá.

Hämmentyneenä ja säikähtäneenä hän kiiruhti takaisin sohvan alle.

Pero quedarse debajo del sofá no fue tan fácil esta vez.

Mutta sohvan alla pysyminen ei ollut tällä kertaa niin helppoa.

Su cuerpo se había vuelto un poco redondeado por tanta comida.

Hänen ruumiinsa oli käynyt hieman pyöreäksi kaikesta ruoasta.

Y tuvo que controlarse para no quedarse sin nada otra vez.

Ja hänen täytyi hillitä itsensä, ettei juoksisi taas ulos.

Aunque la hermana no permaneció mucho tiempo en la habitación.

Vaikka sisko ei kauaa huoneessa viipynytkään.

Le costaba respirar en ese estrecho espacio.

Hänellä oli vaikeuksia hengittää tuossa ahtaassa tilassa.

Pero él siguió adelante a pesar de los pequeños ataques de asfixia.

Mutta hän puski itsensä läpi pienistä tukehtumiskohtauksista.

Con ojos desorbitados observaba las actividades de la hermana.

Pullistuneilla silmillään hän tarkkaili siskon touhuja.

La hermana desprevenida vertió todo en un balde.

Tietämätön sisar kaatoi kaiken ämpäriin.

Ella no sólo se deshizo de la comida que Gregor no había comido.

Hän ei ainoastaan hävittänyt Gregorin syömättä jättämää ruokaa.

Pero también se deshizo de la comida que él no había tocado.

Mutta hän hävitti myös ruoan, johon mies ei ollut koskenut.

Al parecer esa comida ya no era comestible para nadie.

Ilmeisesti ruoka ei ollut enää kenenkään syömäkelpoista.

Luego cerró el cubo de comida con una tapa de madera.

Sitten hän sulki ruokaämpärin puisella kannella.

Y con la comida, el balde y el trapeador, se fue.

Ja ruoan, ämpärin ja mopin kanssa hän lähti.

Gregor no habría podido esperar mucho más tiempo.

Gregor ei olisi jaksanut odottaa enää kauaa.

Tan pronto como ella se fue, él se escapó de debajo del sofá.

Heti kun nainen oli mennyt, mies karkasi sohvan alta.

Y se estiró y resopló aliviado.

Ja hän venytti itsensä ja puuskutti helpotuksesta.

Así recibía Gregorio comida de vez en cuando.

Näin Gregor sai ruokaa aina silloin tällöin.

Su hermana le dio de comer una vez temprano en la mañana.

Hänen sisarensa antoi hänelle ruokaa kerran aikaisin aamulla.

A esta hora los padres y la criada todavía dormían.

Tähän aikaan vanhemmat ja palvelijatar nukkuivat vielä.

Y recibió una segunda comida después de que todos almorzaron.

Ja hän sai toisen aterian kaikkien lounastettua.
Porque en ese momento los padres también durmieron un rato.
Koska siihen aikaan vanhemmatkin nukkuivat jonkin aikaa.
Y la doncella fue enviada por su hermana a hacer algún recado.
Ja sisar lähetti piian pois jollekin asialle.
Ciertamente no tenían intención de dejar morir de hambre a Gregor.
Heillä ei todellakaan ollut aikomusta näännyttää Gregoria nälkään.
Pero tampoco hubieran querido verlo comer.
Mutta he eivät olisi halunneet katsoa hänen syövänkään.
Lo que mencionó la hermana fue suficiente información.
Siskon mainitsema tieto oli riittävää.
Quizás era su manera de ahorrarles dolor a los padres.
Ehkä se oli hänen tapansa säästää vanhemmat surulta.
Ya habían sufrido bastante por sus acciones.
He olivat kärsineet hänen teoistaan jo tarpeeksi.

El primer día se iba convirtiendo poco a poco en un recuerdo lejano.
Ensimmäinen päivä alkoi pikkuhiljaa muuttua kaukaiseksi muistoksi.
Gregor no tenía forma de saber lo que pasó ese día.
Gregorilla ei ollut mitään keinoa tietää, mitä sinä päivänä tapahtui.
¿Cómo fue guiado el cerrajero fuera del apartamento?
Miten lukkoseppä ohjattiin ulos asunnosta?
¿Con qué excusas quedó finalmente satisfecho el médico?
Millä tekosyillä lääkäri lopulta tyytyytyi?
No había encontrado ningún modo de hacerse entender.
Hän ei ollut keksinyt mitään keinoa ilmaista itseään ymmärrettävästi.
Ni siquiera logró comunicarse con su hermana.
Hän ei edes onnistunut kommunikoimaan siskonsa kanssa.
Y entonces pensaron que no podía entenderlos.

Ja niin he luulivat, ettei hän ymmärtäisi heitä.

Y por eso no se hizo ningún esfuerzo para hablar con él.

Ja siksi ei tehty mitään yritystä puhua hänelle.

Su hermana entraba en su habitación todas las mañanas y a la hora del almuerzo.

Hänen sisarensa tuli hänen huoneeseensa joka aamu ja lounas.

Pero él tuvo que contentarse con escuchar sus suspiros.

Mutta hänen täytyi tyytyä kuulemaan hänen huokauksiaan.

Más tarde se acostumbró un poco más a la forma de Gregor.

Myöhemmin hän tottui hieman enemmän Gregorin olemukseen.

Y se sintió un poco más libre para hacer más comentarios.

Ja hän tunsi hieman enemmän vapautta esittää enemmän kommentteja.

(Aunque nunca se acostumbraría del todo a él.)

(Vaikka hän ei koskaan täysin tottuisi häneen.)

Y entonces Gregor se sintió nuevamente hablado un poco más.

Ja sitten Gregor tunsi tulevansa taas hieman enemmän puhutelluksi.

Y captó lo que percibió como comentarios amistosos.

Ja hän kuuli kommentit, joita hän piti ystävällisinä.

"Disfrutó su comida hoy" o "comió todo".

"Hän nautti ruoastaan tänään" tai "hän söi kaiken".

Pero eso fue sólo cuando hubo comido toda su comida.

Mutta se oli vasta sitten, kun hän oli syönyt kaiken ruokansa.

Pero últimamente esto se está volviendo cada vez menos frecuente.

Mutta viime aikoina tämä on käynyt yhä harvinaisemmaksi.

"Apenas tocaba la comida", decía ella con más frecuencia ahora.

"Hän tuskin koski ruokaansa", hän sanoi nyt useammin.

Y había un toque de tristeza en su voz cada vez.

Ja joka kerta hänen äänessään oli ripaus surua.

Gregor no pudo escuchar ninguna otra noticia más directamente.

Gregor ei pystynyt kuulemaan muita uutisia suoremmin.

Pero escuchó muchas noticias de las habitaciones contiguas.
Mutta hän kuuli paljon uutisia viereisistä huoneista.
Al oír voces corrió hacia la puerta correspondiente.
Kuultuaan ääniä hän juoksi vastaavalle ovelle.
Y apretó todo su cuerpo contra la puerta para escuchar.
Ja hän painautui koko ruumiillaan ovea vasten kuullakseen.
Todas las conversaciones le concernían de una manera u otra.
Kaikki keskustelut koskettivat häntä tavalla tai toisella.
Incluso cuando el tema parecía ser sobre otra cosa.
Vaikka aihe tuntuisikin olevan jostain muusta.
Esta observación fue especialmente cierta en los primeros tiempos.
Tämä havainto piti erityisesti paikkansa alkuaikoina.
Durante cada comida repetían la misma discusión.
Joka aterian aikana he toistivat saman keskustelun.
Todavía no estaban seguros de cómo comportarse a su alrededor.
He olivat vielä epävarmoja siitä, miten hänen seurassaan tulisi käyttäytyä.
Pero el mismo tema también se discutió entre comidas.
Mutta samasta aiheesta keskusteltiin myös aterioiden välillä.
Porque siempre había dos miembros de la familia en casa.
Koska kotona oli aina kaksi perheenjäsentä.
Nadie quería quedarse solo en la casa.
Kukaan ei halunnut jäädä yksin taloon.
Pero dejar el piso vacío tampoco era una opción.
Mutta asunnon jättäminen tyhjäksi ei myöskään tullut kysymykseen.
La criada era la única que no estaba atada al apartamento.
Palvelijatar oli ainoa, joka ei ollut sidottu asuntoon.
Ella ya había pedido irse el primer día.
Hän oli jo pyytänyt päästä pois heti ensimmäisenä päivänä.
Ella se puso de rodillas y pidió que la despidieran.
Hän polvistui ja pyysi päästä pois.
La familia no sabía cuánto sabía realmente la criada.
Perhe ei tiennyt, kuinka paljon piika todellisuudessa tiesi.

En ese momento ella no había visto más que nadie.
Siinä vaiheessa hän ei ollut nähnyt enempää kuin kukaan muukaan.
Lo sucedido todavía era un misterio para la familia.
Tapahtunut oli perheelle edelleen mysteeri.
Pero un cuarto de hora después se despidió.
Mutta varttitunnin kuluttua hän jätti hyvästit.
Y agradeció a la familia con lágrimas en los ojos.
Ja hän kiitti perhettä kyyneleet silmissään.
Pero en realidad les agradeció por haberla liberado.
Mutta todellisuudessa hän kiitti heitä siitä, että he olivat vapauttaneet hänet.
Parecían haberle mostrado la mayor bondad.
He näyttivät osoittaneen hänelle mitä suurinta ystävällisyyttä.
Incluso hizo un juramento sin que se lo pidieran.
Hän jopa vannoi valan, pyytämättä sitä.
Dijo que no le contaría a nadie lo que había sucedido.
Hän sanoi, ettei kertoisi kenellekään, mitä oli tapahtunut.
Ahora la hermana tenía que cocinar junto con su madre.
Nyt siskon piti kokata yhdessä äitinsä kanssa.
Pero esto realmente no era un gran inconveniente.
Mutta tämä ei oikeastaan ollut kovin suuri vaiva.
Porque de todas formas los dos no comían casi nada.
Koska he kaksi eivät syöneet melkein mitään muutenkaan.
Gregor escuchó una y otra vez la misma conversación.
Gregor kuuli saman keskustelun yhä uudelleen ja uudelleen.
Una persona le decía a otra que tenía que comer más.
Toinen sanoi toiselle, että heidän pitäisi syödä enemmän.
Pero esa persona no recibió ninguna respuesta de la persona.
Mutta tuo henkilö ei saanut vastausta kyseiseltä henkilöltä.
"Gracias, tengo suficiente", o algo similar.
"Kiitos, minulla on tarpeeksi" tai jotain vastaavaa.
Quizás ya no bebían nada tampoco.
Ehkä he eivät juoneet enää mitään.
La hermana a menudo le preguntaba a su padre si quería cerveza.
Sisko kysyi usein isältään, haluaisiko tämä olutta.

Y ella misma se ofreció calurosamente a ir a buscar la cerveza.

Ja hän tarjoutui lämpimästi hakemaan oluen itse.

El padre siempre permanecía en silencio ante su petición.

Isä pysyi aina hiljaa hänen pyynnöstään.

Así que la hermana tuvo que encontrar una manera de eliminar cualquier duda.

Niinpä sisaren täytyi löytää keino hälventää kaikki epäilykset.

Y ella dijo que enviaría a la criada a buscar algo de cerveza.

Ja hän sanoi lähettävänsä piian hakemaan olutta.

Pero entonces el padre finalmente dijo un gran y rotundo "no".

Mutta sitten isä sanoi lopulta jyrkästi ja äänekkäästi: "ei".

Luego ya no se volvió a mencionar el tema de tomar una cerveza.

Sitten hänen oluensa juomisesta ei enää puhuttu.

Ya había explicado anteriormente la situación financiera.

Hän oli jo aiemmin selittänyt taloudellisen tilanteensa.

De hecho, mencionó las finanzas el primer día.

Itse asiassa hän mainitsi talousasiat heti ensimmäisenä päivänä.

Les hizo saber perfectamente cuáles eran las perspectivas.

Hän teki heille hyvin selväksi tulevaisuudennäkymät.

Su propio negocio se había derrumbado hacía unos cinco años.

Hänen oma yrityksensä oli kaatunut noin viisi vuotta sitten.

De vez en cuando se levantaba para abandonar la mesa.

Aina silloin tällöin hän nousi seisomaan poistuakseen pöydästä.

Y se dirigió a la caja registradora de su antiguo negocio.

Ja hän meni vanhan yrityksensä kassalle.

Había salvado la caja registradora por sentimentalismo.

Hän oli säästänyt kassakoneen tunteellisuudesta.

Gregor lo oyó abrir una cerradura pesada y complicada.

Gregor kuuli hänen avaavan raskasta ja monimutkaista lukkoa.

Y sacó recibos y libros de la caja.

Ja hän otti kassasta kuitteja ja kirjoja.

Después de tomar los objetos volvió a cerrar la caja fuerte.

Otettuaan esineet hän lukitsi kassan uudelleen.

Gregor no había tenido buenas noticias desde su encarcelamiento.

Gregor ei ollut kuullut hyviä uutisia vankeutensa jälkeen.

Pensó que el negocio había llevado a la quiebra a su padre.

Hän luuli yrityksen ajaneen hänen isänsä konkurssiin.

El padre seguramente le había dado esa impresión a Gregor.

Isä oli varmasti antanut Gregorille sellaisen vaikutelman.

Y Gregor nunca le preguntó más sobre las finanzas.

Eikä Gregor koskaan kysynyt häneltä enempää raha-asioista.

Gregor quería hacer todo lo posible para ayudar a la familia.

Gregor halusi tehdä kaikkensa auttaakseen perhettä.

Quería ayudarlos a olvidar la desgracia empresarial.

Hän halusi auttaa heitä unohtamaan liike-elämän epäonnen.

La quiebra que provocó la desesperanza más completa.

Konkurssi, joka johti täydelliseen toivottomuuteen.

Así que empezó a trabajar con una pasión muy especial.

niinpä hän alkoi työskennellä aivan erityisellä intohimolla.

Se había convertido en un vendedor ambulante casi de la noche a la mañana.

Hänestä oli tullut kauppamatkustaja lähes yhdessä yössä.

Antes de eso, sólo había trabajado como empleado con un salario bajo.

Sitä ennen hän oli työskennellyt vain pienipalkkaisena virkailijana.

Ahora tenía oportunidades de ingresos completamente diferentes.

Nyt hänellä oli täysin erilaiset ansaintamahdollisuudet.

Las ventas exitosas podrían convertirse inmediatamente en efectivo.

Onnistuneet myynnit voitaisiin muuttaa välittömästi rahaksi.

El dinero en efectivo, por supuesto, se paga con sus comisiones.

Rahat tietenkin maksetaan hänen palkkioistaan.

Ahora Gregor podía poner dinero en la mesa familiar.

Nyt Gregor pystyi laittamaan rahaa perheen pöytään.
Y estaban asombrados y contentos con sus ganancias.
Ja he olivat hämmästyneitä ja iloisia hänen ansioistaan.
Pero esos tiempos hermosos no se repetirán nuevamente.
Mutta nuo kauniit ajat eivät toistu enää.
Apenas se habían acostumbrado a esos buenos tiempos.
He olivat vasta tottuneet näihin hyviin aikoihin.
Cada día de pago la familia aceptaba el dinero con gratitud.
Joka palkkapäivä perhe otti rahat kiitollisena vastaan.
Y Gregor estaba igualmente feliz de entregar el dinero.
Ja Gregor oli yhtä iloinen voidessaan luovuttaa rahat.
**Pero el cálido afecto que recibía a cambio fue muriendo
lentamente.**
Mutta vastavuoroisesti annettu lämmin kiintymys kuoli
hitaasti.
**Sólo su hermana permaneció tan cerca de Gregor como
antes.**
Vain hänen sisarensa pysyi yhtä läheisenä Gregorille kuin
ennen.
**Ella, a diferencia de Gregor, tenía un profundo aprecio por la
música.**
Hän, toisin kuin Gregor, arvosti syvästi musiikkia.
Y ella sabía tocar el violín de una manera muy conmovedora.
Ja hän osasi soittaa viulua hyvin koskettavasti.
Gregor planeó en secreto enviarla a la escuela de música.
Gregor suunnitteli salaa lähettävänsä hänet musiikkikouluun.
Aún no había decidido cómo pagaría los gastos.
Hän ei ollut vielä päättänyt, miten kulut maksaisi.
Pero de una forma u otra cubriría los costos.
Mutta tavalla tai toisella hän kattaisi kustannukset.
**De vez en cuando Gregor y su familia hacían pequeños
viajes.**
Gregor ja perhe tekivät silloin tällöin lyhyitä matkoja.
Gregor y su hermana abordaron este tema con frecuencia.
Gregor ja sisko ottivat asian usein esille.
Pero sólo se mencionó como una idea maravillosa.
Mutta sitä on aina mainittu vain loistavana ideana.

Realmente no creían que el sueño pudiera realizarse.
He eivät oikeasti uskoneet unelman toteutuvan.
Y a los padres no les gustaban esas ambiciones fantasiosas.
Ja vanhemmat eivät pitäneet sellaisista mielikuvituksellisista
tavoitteista.
Incluso cuando el tema se planteó de manera muy inocente.
Vaikka aihe nostettiin esiin hyvin viattomasti.
Pero Gregor seguía pensando en la escuela de música.
Mutta Gregor jatkoi musiikkikoulun miettimistä.
Y tenía pensado anunciar el regalo en Nochebuena.
Ja hän aikoi ilmoittaa lahjan jouluaattona.
Por supuesto, en su estado actual sería imposible.
Nykyisessä tilanteessa se olisi tietenkin mahdotonta.
Pero ese tipo de pensamientos pasaban por su cabeza.
Mutta tuollaisia ajatuksia pyöri hänen päässään.
Y tenía estos pensamientos mientras escuchaba a la familia.
Ja hänellä oli sellaisia ajatuksia kuunnellessaan perhettä.
A veces se cansaba demasiado para seguir escuchándolos.
Välillä hän oli liian väsynyt kuunnellakseen heitä.
Su cabeza cayó contra la puerta por el cansancio.
Hänen päänsä painui väsymyksestä oveen.
**Pero inmediatamente volvió a apoyar la cabeza contra la
puerta.**
Mutta heti hän painoi päänsä taas oveen.
Porque incluso el ruido más leve se podía oír afuera.
Koska pienimmätkin äänet kuuluivat ulkoa.
**Y cualquier ruido que hacía hacía que la familia se quedara
en silencio.**
Ja kaikki hänen päästämänsä äänet hiljensivät perheen.
"¿Qué está haciendo ahora?" preguntó el padre a la familia.
"Mitä hän nyt tekee?" isä kysyi perheeltä.
Y fue a la puerta para comprobar qué era aquel ruido.
Ja hän meni ovelle tarkistamaan, mistä ääni kuului.
**Y luego la conversación interrumpida se reanudó
gradualmente.**
Ja sitten keskeytynyt keskustelu jatkui vähitellen.
Pero lo que dijo el padre sorprendió positivamente a todos.

Mutta isän sanat yllättivät kaikki positiivisesti.
Gregor ahora conoció la verdadera situación de las finanzas.
Gregor sai nyt tietää raha-asioiden todellisen tilanteen.
A pesar de todas las desgracias, hubo algo de buena suerte.
Kaikista vastoinkäymisistä huolimatta oli mukana myös
onnea.
**Aún quedaba allí una muy pequeña fortuna de los viejos
tiempos.**
Hyvin pieni omaisuus menneiltä ajoilta oli vielä siellä.
El padre explicó las cosas, pero tuvo que repetirlas.
Isä selitti asiat, mutta joutui toistamaan itseään.
Porque hacía tiempo que no se ocupaba de estas cosas.
Koska hän ei ollut käsitellyt näitä asioita vähään aikaan.
Y porque la madre no entendía tales cosas.
Ja koska äiti ei ymmärtänyt sellaisia asioita.
Los tipos de interés del banco habían subido un poco.
Pankkien korot olivat nousseet hieman.
El dinero intacto había aumentado más de lo esperado.
Koskemattoman rahan määrä oli kasvanut odotettua
enemmän.
Además Gregor siempre les había dado sus ahorros.
Lisäksi Gregor oli aina antanut heille säästönsä.
Sólo había conservado unos pocos florines para sí.
Hän oli pitänyt itsellään vain muutaman guldenin.
Y su dinero aún no se había agotado por completo.
Eikä hänen rahansakaan olleet kokonaan käytetty loppuun.
**En conjunto, este dinero se había acumulado hasta formar
un pequeño capital.**
Yhdessä tämä raha oli kerryttänyt pieneksi pääomaksi.
**Gregor, detrás de su puerta, asintió con entusiasmo ante la
noticia.**
Gregor nyökkäsi ovensa takana innokkaasti uutisille.
Le agradó esta inesperada cautela y frugalidad.
Hän oli mielissään tästä odottamattomasta varovaisuudesta ja
säästäväisyydestä.
**Los fondos sobrantes podrían haberse utilizado para pagar
la deuda.**

Ylimääräiset varat olisi voitu käyttää velan maksuun.
Entonces ya no le deberían nada al patrón.
Silloin he eivät olisi enää velkaa pomolle mitään.
Y Gregor podría haber cambiado de trabajo mucho antes.
Ja Gregor olisi voinut siirtyä uuteen työhön paljon
aikaisemmin.
**Pero ahora la manera como el padre lo dispuso estaba mucho
mejor.**
Mutta isän järjestelyt olivat nyt paljon parempia.
El dinero no era suficiente para vivir de los intereses.
Rahat eivät aivan riittäneet elämiseen koroilla.
Y había que reservar algo de dinero para emergencias.
Ja rahaa piti varata myös hätätilanteita varten.
Sólo habría sido suficiente dinero para uno o dos años.
Rahaa olisi riittänyt vain vuodeksi tai kahdeksi.
**Esto significaba que alguien tenía que ganar dinero para que
pudieran vivir.**
Tämä tarkoitti sitä, että jonkun piti ansaita rahaa elääkseen.
El padre no estaba enfermo y era bastante fuerte.
Isä ei ollut sairas, ja hän oli tarpeeksi vahva.
Pero llevaba más de cinco años sin trabajo.
Mutta hän oli ollut työttömänä yli viisi vuotta.
Y, debido a su edad, le quedaba poca confianza en sí mismo.
Ja ikänsä vuoksi hänellä oli vain vähän itseluottamusta jäljellä.
También había engordado mucho en los últimos tiempos.
Hän oli myös lihonnut paljon viime aikoina.
Su vida siempre había sido ardua y sin éxito.
Hänen elämänsä oli aina ollut rankkaa ja epäonnistunutta.
**Y éstas habían sido las primeras vacaciones que había
tenido.**
Ja tämä oli ollut hänen ensimmäinen lomansa.
Y sin estar ocupado se había vuelto bastante torpe.
Ja ilman kiireisyyttä hänestä oli tullut melko kömpelö.
¿Sería mejor si la anciana madre ganara el dinero?
Olisiko parempi, jos vanha äiti ansaitsisi rahat?
La anciana madre que sufría de asma.
Vanha äiti, joka oli kärsinyt astmasta.

La anciana madre que luchaba por subir las escaleras.
Vanha äiti, joka kamppaili portaiden ylös kävelemisen kanssa.
La anciana madre que pasaba el tiempo tumbada en el sofá.
Vanha äiti, joka vietti aikansa sohvalla maaten.
La anciana madre que prefería quedarse junto a la ventana.
Vanha äiti, joka mieluiten pysytteli ikkunan vieressä.
Para poder recuperar el aliento cuando lo necesitara.
Jotta hän saisi hengähtää tarvittaessa.
¿Sería mejor si la hermana joven ganara el dinero?
Olisiko parempi, jos nuori sisko ansaitsisi rahat?
La hermana, que a sus diecisiete años era todavía apenas una niña.
Sisko, joka seitsemäntoistavuotiaana oli vielä lapsi.
La hermana que sólo tuvo unos pocos placeres modestos.
Sisko, jolla oli vain muutamia vaatimattomia nautintoja.
La hermana a quien le gustaba principalmente tocar el violín.
Sisko, joka nautti pääasiassa viulunsoitosta.
Ella sabía que su anterior forma de vida era muy envidiable;
Hän tiesi, että hänen aiempi elämäntapansa oli hyvin kadehdittava;
Vestirse bien, levantarse tarde, ayudar en la casa.
Pukeudu siististi, herää myöhään ja auta kotona.
La conversación a menudo giraba en torno a la necesidad de ganar dinero.
Keskustelu kääntyi usein rahan ansaitsemisen tarpeeseen.
Gregor siempre era el primero en soltar la puerta.
Gregor oli aina ensimmäinen, joka päästi irti ovesta.
La conversación lo puso caliente de vergüenza y dolor.
Keskustelu kuumensi häntä häpeästä ja surusta.
Entonces se dejó caer en el refrescante sofá de cuero.
Niinpä hän heittäytyi viilentyvälle nahkasohvalle.
Y a menudo pasaba el resto de la noche en el sofá.
Ja hän vietti usein loppuyön sohvalla.
Nunca durmió realmente en el sofá, ni tampoco por la noche.
Hän ei koskaan oikeasti nukkunut sohvalla eikä öisin.

A menudo, simplemente se quedaba rascando el cuero durante horas y horas.
Usein hän vain raapi nahkaa tuntikausia putkeen.
Otras veces empujaba el sillón hacia la ventana.
Toisinaan hän työnsi nojatuolin ikkunaa vasten.
Esto solo requirió un gran esfuerzo de su parte.
Jo tämä vaati häneltä valtavasti ponnisteluja.
El sillón le ayudó a subirse al alféizar de la ventana.
Nojatuoli auttoi häntä ryömiä ikkunalaudalle.
Y desde allí pudo apoyarse en la ventana.
Ja sieltä hän pystyi nojaamaan ikkunaan.
Solía sentir una gran sensación de libertad al hacer esto.
Hän tunsi ennen suurta vapauden tunnetta tehdessään tätä.
Quizás estaba buscando algún viejo sentimiento liberador.
Ehkä hän etsi jotain vanhaa vapauttavaa tunnetta.
Pero su visión no era tan nítida como solía ser.
Mutta hänen näkönsä ei ollut enää yhtä terävä kuin ennen.
Las cosas a cierta distancia se veían borrosas e indistintas.
Pienen matkan päässä olevat asiat olivat sumeita ja epäselviä.
Ya no podía ver el hospital al otro lado de la calle.
Hän ei enää nähnyt tien toisella puolella olevaa sairaalaa.
Antes había maldecido la vista, ahora quería verla.
Ennen hän oli kironnut näkymää, nyt hän halusi nähdä sen.
Sabía que vivía en la tranquila y urbana Charlottenstrasse.
Hän tiesi asuvansa hiljaisella, urbaanilla Charlottenstrassella.
Pero podría haber pensado que estaba mirando el desierto.
Mutta hän on ehkä luullut katselevansa aavikkoon.
Un páramo donde el cielo gris y la tierra gris se fusionaban.
Autiomaa, jossa harmaa taivas ja harmaa maa yhdistyivät.
La atenta hermana notó dos veces que la silla se había movido.
Tarkkaavainen sisar huomasi kahdesti tuolin liikkuneen.
Después de ordenar, empujó la silla hacia la ventana.
Siivottuaan hän työnsi tuolin takaisin ikkunan viereen.
Y a partir de ahora incluso dejó la ventana abierta.
Ja tästä lähtien hän jätti jopa ikkunanpuitteet auki.

Gregor realmente hubiera deseado poder hablar con su hermana.

Gregor todella toivoi, että olisi voinut puhua sisarelleen.

Quería agradecerle por todo lo que hizo por él.

Hän halusi kiittää naista kaikesta, mitä tämä oli tehnyt hänen hyväkseen.

Entonces habría tolerado más fácilmente sus servicios.

Silloin hän olisi sietänyt heidän palveluksiaan helpommin.

Pero tal como estaban las cosas, él sufrió por su ayuda.

Mutta asiaintilan mukaan hän kärsi siitä, että nainen auttoi häntä.

La hermana, por supuesto, intentó disimular la vergüenza.

Sisko tietenkin yritti peitellä hämmennystä.

Y ella hizo todo lo posible para fingir que no se sentía agobiada.

Ja hän teki parhaansa teeskennelläkseen, ettei tuntisi oloaan taakaksi.

Por supuesto, esto es algo que tenía que practicar primero.

Tietenkin tämä on asia, jota hänen piti harjoitella ensin.

Y cuanto más tiempo pasaba, mejor lo hacía.

Ja mitä enemmän aikaa kului, sitä paremmin hän siinä pärjäsi.

Pero a Gregor también se le dio más tiempo para ver su pretensión.

Mutta Gregorille annettiin myös enemmän aikaa nähdä hänen teeskentelynsä.

Incluso su entrada a su habitación fue una prueba para él.

Jopa hänen huoneeseensa astuminen oli hänelle koettelemus.

Tan pronto como entró, corrió directamente a la ventana.

Heti sisään astuttuaan hän juoksi suoraan ikkunalle.

Ni siquiera se tomó el tiempo de cerrar la puerta.

Hän ei edes vaivautunut sulkemaan ovea.

Normalmente ella evitaba que todos vieran la habitación de Gregor.

Yleensä hän säästi kaikkien Gregorin huoneen näkemisen.

Y abrió la ventana de golpe con manos apresuradas.

Ja hän repäisi ikkunan auki kiireisillä käsillään.

Luego volvió a respirar como si se estuviera asfixiando.

Sitten hän hengitti uudelleen aivan kuin olisi tukehtunut.
El aire que entraba era frío y ella respiraba profundamente.
Sisään tuleva ilma oli kylmää, ja hän hengitti syvään.
Pero aún así se quedó junto a la ventana por un rato.
Mutta hän pysyi silti ikkunan ääressä jonkin aikaa.
Con esta rutina asustaba a Gregor dos veces al día.
Hän pelotti Gregoria kahdesti päivässä tällä rutiinilla.
Mientras ella estaba en la habitación él temblaba debajo del sofá.
Hänen ollessaan huoneessa mies tärisi sohvan alla.
Él sabía que a ella le habría gustado ahorrarle esa terrible experiencia.
Hän tiesi, että nainen olisi halunnut säästää hänet tältä koettelemukselta.
Pero ella no podía estar en la habitación con la ventana cerrada.
Mutta hän ei voinut olla huoneessa, jonka ikkuna oli kiinni.
Hubo una ocasión en que ella llegó un poco antes.
Kerran hän tuli sisään vähän aikaisemmin.
Probablemente alrededor de un mes después de la transformación de Gregor.
Todennäköisesti noin kuukausi Gregorin muodonmuutoksen jälkeen.
Ella se había acostumbrado un poco a su nueva apariencia.
Hän oli jo jonkin verran tottunut hänen uuteen ulkonäköönsä.
Así que ya no tenía por qué estar particularmente sorprendida.
Joten hänellä ei ollut enää mitään syytä olla erityisen järkyttynyt.
Ella lo encontró todavía mirando por la ventana, inmóvil.
Hän huomasi miehen tuijottavan yhä liikkumattomana ulos ikkunasta.
Estaba en el lugar más horrible en el que podría haber estado.
Hän oli kamalimmassa paikassa, missä hän vain voi olla.
No le habría sorprendido si ella no hubiera entrado.
Hän ei olisi yllättynyt, ellei nainen olisi tullut sisään.

Donde le impidió abrir la ventana.
Missä häntä esti avaamasta ikkunaa.
Ella salió rápidamente de la habitación y cerró la puerta.
Hän poistui nopeasti huoneesta uudelleen ja sulki oven.
Un extraño podría haber llegado a todo tipo de conclusiones.
Muukalainenkin olisi voinut tehdä kaikenlaisia
johtopäätöksiä.
Quizás sólo estaba esperando la oportunidad de morderla.
Ehkä hän vain odotti tilaisuutta purra häntä.
**Gregor, por supuesto, se escondió inmediatamente debajo
del sofá.**
Gregor tietenkin piiloutui heti sohvan alle.
**Pero tuvo que esperar hasta el mediodía para que su
hermana regresara.**
Mutta hänen täytyi odottaa puoleenpäivään asti, että hänen
sisarensa palaisi.
Y ella parecía mucho más inquieta que de costumbre.
Ja hän vaikutti paljon levottomammalta kuin tavallisesti.
Se dio cuenta de que verlo todavía era insoportable.
Hän tajusi, että hänen näkemisensä oli yhä sietämätöntä.
Verlo seguiría siendo insoportable para ella.
Hänen näkemisensä tulisi jäämään hänelle sietämättömäksi.
Probablemente no podría soportar ver ninguna parte de él.
Hän ei luultavasti kestäisi nähdä mitään osaa hänestä.
Siempre sobresalía una pequeña parte de debajo del sofá.
Pieni osa työntyi aina sohvan alta esiin.
Un día llevó una sábana sobre su espalda hasta el sofá.
Eräänä päivänä hän kantoi lakanan selällään sohvalle.
Quería evitar que ella viera cualquier parte de él.
Hän halusi säästää naisen näkemästä mitään osaa hänestä.
**Él dispuso la sábana de tal manera que todo él quedara
oculto.**
Hän järjesteli lakanan niin, että hän oli kokonaan piilossa.
Incluso si se agachara no podría verlo.
Vaikka hän kumartuisi, hän ei näkisi häntä.
Todo el esfuerzo le llevó a Gregor más de tres horas.
Koko ponnistus vei Gregorilta yli kolme tuntia.

Quizás pensó que la sábana era innecesaria.
Hän on ehkä ajatellut, että lakanat olivat tarpeettomia.
Ella habría sabido que él no quería la sábana.
Hän olisi tiennyt, ettei hän halunnut lakanoita.
Lo hacía para su comodidad, no para la suya propia.
Hän teki sen hänen mukavuutensa vuoksi, eikä itsensä vuoksi.
Y podría haber quitado la sábana si hubiera querido.
Ja hän olisi voinut ottaa lakanan pois, jos olisi halunnut.
Pero dejó la sábana donde Gregor la había puesto.
Mutta hän jätti lakanan siihen, mihin Gregor oli sen laittanut.
Y Gregor incluso creyó haber captado una mirada de agradecimiento.
Ja Gregor jopa luuli nähneensä kiitollisen katseen.
Había levantado suavemente la sábana con la cabeza.
Hän oli varovasti nostanut lakanan ylös päällään.
Quería ver si a su hermana le gustaba el arreglo.
Hän halusi nähdä, tykkäisikö hänen siskonsa järjestelystä.

Las dos primeras semanas fueron las más difíciles para los padres.
Kaksi ensimmäistä viikkoa olivat vanhemmille vaikeimmat.
No pudieron animarse a entrar y verlo.
He eivät kyenneet tulemaan sisään ja näkemään häntä.
Escuchó muchas de sus conversaciones en ese momento.
Hän kuuli sattumalta monia heidän keskustelujaan tuolloin.
Reconocieron plenamente todo lo que hacía la hermana.
He tunnustivat täysin kaiken, mitä sisar teki.
Aunque solían estar molestos con ella a menudo.
Vaikka he olivatkin usein ärsyyntyneitä häneen.
Porque ella parecía ser una chica un tanto inútil.
Koska hän oli vaikuttanut jotenkin hyödyttömältä tytöltä.
Ahora eran ellos quienes esperaban al otro lado de la habitación.
Nyt he odottivat huoneen toisella puolella.
Y fue ella quien entró en la habitación a hacer todo.
Ja hän meni huoneeseen tekemään kaiken.
Tan pronto como salió quisieron saberlo todo.

Heti kun hän tuli ulos, he halusivat tietää kaiken.

Tenía que decirles exactamente cómo era la habitación.

Hänen täytyi kertoa heille tarkalleen, miltä huone näytti.

¿Qué comió Gregor? ¿Cómo se comportó esta vez?

"Mitä Gregor söi? Miten hän käyttäytyi tällä kertaa?"

"¿Quizás se notó una ligera mejoría?"

"Oliko kenties havaittavissa pientä parannusta?"

La madre, por cierto, fue en realidad más valiente.

Äiti oli muuten itse asiassa rohkeampi.

Y por supuesto, era su propio hijo el que estaba dentro de la habitación.

Ja tietenkin huoneessa oli hänen oma poikansa.

En realidad quería visitar a Gregor relativamente pronto.

Hän halusi itse asiassa vierailla Gregorin luona suhteellisen pian.

Pero al principio el padre y la hermana la frenaron.

Mutta isä ja sisko aluksi pidättelivät häntä.

Le dieron argumentos muy racionales para que no fuera.

He esittivät hyvin järkeviä perusteluja sille, miksi hän ei lähtisi.

Gregor escuchó con mucha atención sus razonamientos.

Gregor kuunteli heidän perustelujaan hyvin tarkasti.

Y él aceptó el razonamiento tanto como su madre.

Ja hän hyväksyi perustelun yhtä lailla kuin äitinsäkin.

Pero más tarde hubo que retenerla por la fuerza.

Myöhemmin hänet kuitenkin jouduttiin pidättämään väkisin.

"¡Déjame entrar con Gregor, es mi desdichado hijo!"

"Päästä minut sisään Gregorin luo, hän on minun onneton poikani!"

-¿No entiendes que tengo que ir a verlo?

"Etkö ymmärrä, että minun täytyy mennä tapaamaan häntä?"

Gregor también se dejó convencer por los argumentos de su madre.

Äitinsä argumentit vakuuttivat myös Gregorin.

Quizás tenía razón: sería bueno que entrara.

Ehkä hän oli oikeassa; olisi hyvä, jos hän tulisi sisään.

Venir a verlo todos los días sería demasiado.

Olisi aivan liikaa tulla hänen näköisiksi joka päivä.

Pero verlo una vez a la semana podría ser suficiente.

Mutta ehkä kerran viikossa näkeminen saattaisi riittää.

Ella podría entender las cosas mucho mejor que la hermana.

Hän saattaa ymmärtää asioita paljon paremmin kuin sisko.

A pesar de todo su coraje, ella todavía era sólo una niña.

Kaikesta rohkeudestaan huolimatta hän oli vielä lapsi.

Quizás la imprudencia infantil la impulsó a aceptar esa tarea.

Ehkä lapsellinen holtittomuus sai hänet ottamaan tehtävän vastaan.

Pero el deseo de Gregor de ver a su madre pronto se hizo realidad.

Mutta Gregorin toive nähdä äitinsä kävi pian toteen.

Durante el día Gregor se mantenía alejado de la ventana.

Päivällä Gregor pysytteli poissa ikkunasta.

Lo hizo por consideración a sus padres.

Tämän hän teki vanhempiaan kohtaan tuntemasta kunnioituksesta.

No tenía mucho espacio para arrastrarse por el suelo.

Hänellä ei ollut paljon tilaa ryömiä lattialla.

Le resultaba difícil permanecer quieto durante la noche.

Hänen oli vaikea maata paikallaan yöllä.

Comer ya no le producía el más mínimo placer.

Syöminen ei enää tuottanut hänelle pienintäkään nautintoa.

Por supuesto que tenía que encontrar alguna manera de distraerse.

Tietenkin hänen täytyi keksiä jokin tapa viihdyttää itseään.

Para entretenerse se arrastraba por las paredes.

Viihdyttääkseen itseään hän ryömi seiniä ylös ja alas.

Y también se arrastró por el techo, boca abajo.

Ja hän myös ryömi kattoa pitkin ylösalaisin.

Estaba especialmente feliz cuando colgaba del techo.

Hän oli erityisen iloinen roikkuessaan katosta.

Fue completamente diferente a estar tendido en el suelo.

Se oli aivan erilaista kuin lattialla makaaminen.

Le resultó mucho más fácil respirar en esta posición.

Hänen oli paljon helpompi hengittää tässä asennossa.
Una ligera pero agradable vibración recorrió su cuerpo.
Lievä mutta miellyttävä värinä kulki hänen kehonsa läpi.
A veces incluso se relajaba demasiado en su felicidad.
Joskus hän jopa rentoutui liikaa onnensa vuoksi.
A veces se distraía y se soltaba del techo.
Joskus hän herpaantui ja päästi irti katosta.
Y para su propia sorpresa, aterrizó de nuevo en el suelo.
Ja omaksi yllätyksekseen hän laskeutui takaisin maahan.
Pero tenía mucho mejor control de su cuerpo que antes.
Mutta hän hallitsi kehoaan paljon paremmin kuin ennen.
Para que ahora no se haga daño con caídas tan fuertes.
Joten hän ei nyt loukannut itseään niin suurista kaatumisista.
La hermana notó inmediatamente el nuevo placer de Gregor.
Sisko huomasi heti Gregorin uuden nautinnon.
Y había restos de adhesivo donde se había arrastrado.
Ja siellä missä hän oli ryöminyt, oli jälkiä liimasta.
**Aquí nuevamente la hermana pensó en el bienestar de
Gregor.**
Tässäkin sisar ajatteli Gregorin hyvinvointia.
Quizás apreciaría más espacio para gatear.
Ehkä hän arvostaisi enemmän tilaa liikkua.
Y la idea se instaló firmemente en su cabeza.
Ja ajatus juurtui lujasti hänen päähänsä.
**Algunos de los muebles de gran tamaño impedían su libre
movimiento.**
Jotkut suuret huonekalut estivät hänen vapaata liikkumistaan.
Ya no trabajaba así que no necesitaba el escritorio.
Hän ei enää tehnyt töitä, joten hän ei tarvinnut työpöytää.
Y la caja ocupaba más espacio del necesario. ***
Ja laatikko vei myös enemmän tilaa kuin sen olisi tarvinnut.
***
La hermana no era capaz de mover estas cosas sola.
Sisko ei pystynyt siirtämään näitä asioita yksin.
Por supuesto que no se atrevió a pedirle ayuda al padre.
Tietenkään hän ei uskaltanut pyytää isältä apua.
La criada seguramente tampoco la habría ayudado.

Palvelijatarkaan ei olisi varmasti auttanut häntä.

La nueva criada era de hecho un año más joven que ella.

Uusi palvelijatar oli itse asiassa vuotta häntä nuorempi.

Ella había asumido valientemente el papel de ex sirvienta.

Hän oli rohkeasti ottanut entisen palvelijattaren roolit.

Pero había un privilegio que ella insistía en tener.

Mutta oli yksi etuoikeus, jota hän ehdottomasti vaati.

Ella quería mantener la cocina cerrada en todo momento.

Hän halusi pitää keittiön lukossa koko ajan.

Así que la hermana no tuvo más remedio que preguntarle a su madre.

Niinpä siskolla ei ollut muuta vaihtoehtoa kuin kysyä äidiltään.

Con gritos de emocionada alegría la madre acudió a ayudar.

Äiti tuli auttamaan ilonhuudoissa.

Pero ella se quedó en silencio en la puerta de la habitación de Gregor.

Mutta hän vaikeni Gregorin huoneen ovella.

La hermana comprobó que todo en la habitación estuviera bien.

Sisar tarkisti, että huoneessa oli kaikki hyvin.

Gregor había tirado apresuradamente la sábana aún más fuerte.

Gregor oli kiireesti vetänyt lakanan entistä tiukemmalle.

Aunque la sábana todavía parecía colocada al azar.

Vaikka lakanat näyttivät edelleen sattumanvaraisesti järjestetyiltä.

Y sólo entonces dejó que su madre entrara en la habitación.

Ja vasta sitten hän päästi äitinsä sisään huoneeseen.

Gregor también se abstuvo de espiar desde debajo de la sábana.

Gregor pidättäytyi myös vakoilemasta lakanan alta.

Decidió no volver a ver a su madre esta vez.

Hän päätti olla näkemättä äitiään tällä kertaa.

Gregor estaba muy contento de que ella hubiera entrado.

Gregor oli tyytyväinen, että hän oli ylipäätään tullut sisään.

"Pasa, no puedes verlo", dijo la hermana.

"Tule sisään, et voi nähdä häntä", sanoi sisar.

Gregor supuso que ella llevaba a su madre de la mano.

Gregor oletti, että hän talutti äitiään kädestä.

Entonces escuchó a las dos mujeres débiles moviendo los muebles.

Sitten hän kuuli kahden heikon naisen siirtelevän huonekaluja.

La hermana parecía reclamar la mayor parte del trabajo para ella misma.

Sisko näytti tekevän suurimman osan työstä itselleen.

Su madre temía que se esforzara demasiado.

Hänen äitinsä pelkäsi, että tyttö rasittaisi itseään liikaa.

Pero la hermana no hizo caso a estas advertencias.

Mutta sisar ei kiinnittänyt huomiota näihin varoituksiin.

Pero incluso después de quince minutos el progreso era muy lento.

Mutta jopa viidentoista minuutin jälkeen edistyminen oli hyvin hidasta.

No habían conseguido mover los muebles muy lejos.

He eivät olleet onnistuneet siirtämään huonekaluja kovin pitkälle.

Poco a poco empezaron a sentir una sensación de derrota.

He alkoivat hitaasti tuntea tappion tunnetta.

La madre fue la primera en admitir la inutilidad.

Äiti myönsi ensimmäisenä turhuuden.

"Quizás sería mejor dejar la caja aquí."

"Ehkä olisi parempi jättää laatikko tähän."

"La caja es demasiado pesada para que podamos moverla mucho más lejos".

"Laatikko on liian painava, jotta voisimme siirtää sitä paljon pidemmälle."

"Y no terminaremos antes de que llegue tu padre."

"Emmekä saa sitä valmiiksi ennen kuin isäsi saapuu."

Dejar la caja aquí le bloquearía aún más el camino.

"Laatikon jättäminen tänne tukkisi hänen tiensä vielä enemmän."

"¿Y podemos estar seguros de que le estamos haciendo un favor?"

"Ja voimmeko olla varmoja, että teemme hänelle palveluksen?"

Comenzaron a pensar que bien podría ser cierto lo opuesto.

He alkoivat ajatella, että päinvastoin saattaisi hyvinkin olla totta.

La visión de la pared vacía pesó mucho en su corazón.

Tyhjän seinän näky painoi raskaasti hänen sydäntään.

¿Quién diría que Gregor no se sentiría así también?

Mitäpä sille, ettei Gregorkaan ajattelisi samoin?

"Ya está acostumbrado a los muebles de su habitación."

"Hän on jo tottunut huoneensa huonekaluihin."

"Podría sentirse aún más abandonado en una habitación vacía".

"Hän saattaa tuntea olonsa vieläkin hylätymmäksi tyhjässä huoneessa."

Para entonces su voz se había reducido casi a un susurro.

Nyt hänen äänensä oli melkein kuiskaukseksi laskeutunut.

En realidad no sabía el paradero exacto de Gregor.

Hän ei oikeastaan tiennyt Gregorin tarkkaa olinpaikkaa.

Ella no quería ni siquiera que él escuchara el sonido de su voz.

Hän ei halunnut hänen edes kuulevan hänen ääntään.

Aunque ella estaba segura de que él no la entendía.

Vaikka hän oli varma, ettei mies ymmärtänyt häntä.

"¿No parecería como si lo hubiéramos abandonado por completo?"

"Eikö näyttäisi siltä, että olemme luopuneet hänestä kokonaan?"

"¿No sentirá que lo estamos dejando solo?"

"Eikö hänestä tule tunnetta, että jätämme hänet yksin selviytymään?"

"Deberíamos dejar la habitación exactamente como estaba".

"Meidän pitäisi jättää huone täsmälleen sellaisenaan."

"Al final Gregor volverá con nosotros como antes."

"Lopulta Gregor palaa luoksemme sellaisena kuin hän oli."

"Entonces encontrará que todo sigue en su lugar."

"Sitten hän huomaa, että kaikki on vielä paikoillaan."
"Y olvidará mucho más fácilmente el período interino".
"Ja hän unohtaa välivaiheen paljon helpommin."
Cuando Gregor escuchó estas palabras se dio cuenta de algo.
Kuullessaan nämä sanat Gregor tajusi jotakin.
Su mente se había vuelto confusa durante los últimos dos meses.
Hänen mielensä oli ollut sekaisin viimeisten kahden kuukauden aikana.
La falta de interacción humana no había sido buena para él.
Ihmiskontaktien puute ei ollut tehnyt hänelle hyvää.
Realmente necesitaba la vida monótona en medio de su familia.
Hän todella tarvitsi yksitoikkoista elämää perheensä keskellä.
¿Por qué si no habría hecho una exigencia tan absurda?
Miksi muuten hän olisi esittänyt noin järjettömän vaatimuksen?
¿Qué sentido tenía vaciar su habitación?
Mitä järkeä hänen huoneensa tyhjentämisessä oli?
La cómoda habitación amueblada con muebles heredados.
Mukava huone, joka on sisustettu perinnöillä huonekaluilla.
¿Por qué querría convertir ese calor conocido en una cueva?
Miksi hän haluaisi muuttaa tämän tunnetun lämmön luolaksi?
Una cueva donde poder arrastrarse en todas direcciones en paz.
Luola, jossa hän sai ryömiä rauhassa joka suuntaan.
Pero una cueva en la que olvidó rápidamente su pasado humano.
Mutta luola, jossa hän nopeasti unohti ihmismenneisyytensä.
Tuvo que preguntarse si ya estaba cerca de olvidar.
Hänen täytyi miettiä, oliko hän jo lähellä unohtamista.
La voz de su madre lo había sacudido y lo había hecho recordar.
Äidin ääni oli saanut hänet muistamaan.
La voz que no había oído durante tanto tiempo.
Ääni, jota hän ei ollut kuullut niin pitkään aikaan.
No había que quitar nada, todo tenía que quedar.

Mitään ei saanut poistaa, kaiken piti jäädä.
Los muebles influyeron positivamente en su condición.
Huonekalut vaikuttivat hänen vointiinsa positiivisesti.
Y no podría vivir sin este ancla en el pasado.
Eikä hän selviäisi ilman tätä menneisyyden ankkuria.
Los muebles impedían que se arrastrara sin sentido.
Huonekalut estivät hänen tajuttoman ryömimisensä
ympäriinsä.
Pero eso no fue una pérdida, sino más bien una gran ventaja.
Mutta se ei ollut tappio, vaan pikemminkin suuri etu.
**Lamentablemente la hermana tenía una opinión muy
diferente.**
Valitettavasti sisko oli aivan eri mieltä.
**Ella se había convertido en una especie de portavoz de
Gregor.**
Hänestä oli tullut tavallaan Gregorin tiedottaja.
Por supuesto que su opinión no era del todo injustificada.
Hänen mielipiteensä ei tietenkään ollut täysin perusteeton.
Pero aquí la opinión de su madre tuvo que ser contradicha.
Mutta tässä kohtaa hänen äitinsä mielipide oli kumottava.
Ahora no era solo la caja la que había que retirar.
Eikä nyt tarvinnut poistaa vain laatikkoa.
Ni su escritorio ni el armario podían permanecer allí.
Hänen työpöytänsä ja vaatekaappinsa eivät myöskään voineet
jäädä.
Lo único imprescindible era el sofá.
Ainoa välttämätön asia oli sohva.
Ella no decidió esto sólo por desafío infantil.
Hän ei tehnyt tätä päätöstä vain lapsellisen uhmakkuuden
vuoksi.
**Tampoco fue su recientemente adquirida confianza en sí
misma.**
Eikä se johtunut hänen äskettäin hankkimastaan
itseluottamuksesta.
**La nueva confianza que tuvo que trabajar muy duro para
ganar.**

Uusi itseluottamus, jonka voittamisen eteen hänen täytyi
tehdä niin kovasti töitä.
Aunque nadie esperaba que ella pudiera hacerlo.
Vaikka kukaan ei olisi odottanut hänen pystyvän siihen.
Gregor realmente necesitaba mucho espacio para gatear.
Gregor todella tarvitsi paljon tilaa ryömiäkseen.
Los muebles sólo limitaban el espacio del que disponía.
Huonekalut rajoittivat vain hänen käytettävissään olevaa tilaa.
Ella podía ver estas cosas mejor que la madre.
Hän pystyi näkemään nämä asiat paremmin kuin äiti.
Pero quizá su espíritu romántico también jugó un papel.
Mutta kenties myös hänen romanttisella hengellään oli
osuutta asiaan.
Las niñas de esa edad suelen desarrollar cierto entusiasmo.
Tuon ikäiset tytöt saavat usein tietynlaista innostusta.
**Y sienten la necesidad de salirse con la suya siempre que
pueden.**
Ja heillä on tarve saada tahtonsa läpi aina kun mahdollista.
Quizás por eso quería sabotearlo en secreto.
Ehkä juuri siksi hän halusi salaa sabotoida häntä.
Es aún más aterrador cuando se arrastra por las paredes.
Hän on vieläkin pelottavampi ryömiessään seinillä.
Los padres ya no se atrevían a entrar en la habitación.
Vanhemmat eivät uskaltaneet enää mennä huoneeseen.
Ella realmente sería la única cuidadora de su hermano.
Hän olisi todellakin veljensä ainoa huoltaja.
Ella no dejó que su madre la persuadiera de lo contrario.
Hän ei antanut äitinsä suostutella itseään toisin.
La madre de Gregor ya se sentía incómoda en la habitación.
Gregorin äiti tunsi olonsa jo levottomaksi huoneessa.
Pronto dejó de hablar y ayudó nuevamente a su hija.
Pian hän lopetti puhumisen ja auttoi tytärtään uudelleen.
Con las fuerzas que les quedaban retiraron el armario.
Jäljellä olevilla voimillaan he poistivat vaatekaapin.
La cómoda era algo de lo que podía prescindir.
Lipasto oli asia, josta hän ei voinut luopua.
Pero el escritorio tendría que quedarse allí por el momento.

Mutta työpöytä oli saatava jäädä paikalleen toistaiseksi.

Mientras las mujeres estaban ausentes, trató de evaluar la habitación.

Naisten ollessa poissa hän yritti arvioida huonetta.

Y Gregor asomó la cabeza por debajo del sofá.

Ja Gregor kurkisti päänsä sohvan alta.

Tenía que ver qué podía hacer con la situación.

Hänen oli pakko katsoa, mitä tilanteelle voisi tehdä.

Pero fue lo más cuidadoso y considerado posible.

Mutta hän oli niin varovainen ja huomaavainen kuin mahdollista.

Desgraciadamente fue la madre quien regresó primero.

Valitettavasti äiti palasi ensimmäisenä.

Grete todavía estaba moviendo el armario en la habitación de al lado.

Grete siirteli yhä vaatekaappia viereisessä huoneessa.

Pero la madre no estaba acostumbrada a ver a Gregor.

Mutta äiti ei ollut tottunut näkemään Gregoria.

Incluso un simple vistazo a él podría haberla enfermado.

Jo pelkkä vilaus hänestä olisi voinut tehdä hänet sairaaksi.

Gregor se apresuró a retroceder hasta el otro extremo del sofá.

Gregor kiiruhti taaksepäin sohvan toiseen päähän.

Pero no podía retroceder y equilibrar la sábana.

Mutta hän ei pystynyt liikkumaan taaksepäin ja tasapainottamaan lakanoita.

El movimiento fue suficiente para llamar la atención de la madre.

Liike riitti herättämään äidin huomion.

Ella hizo una pausa y se quedó muy quieta por un breve momento.

Hän pysähtyi ja seisoi aivan liikkumatta hetken.

Luego se dio la vuelta y salió de la habitación.

Sitten hän kääntyi ympäri ja meni takaisin ulos huoneesta.

Gregor seguía diciéndose a sí mismo que no había ocurrido nada inusual.

Gregor toisteli itselleen, ettei mitään epätavallista tapahtunut.

"Son sólo algunos muebles que se han llevado".
"Se on vain joitakin huonekaluja, jotka on viety pois."
Pero pronto tuvo que admitir que los acontecimientos le afectaron.
Mutta pian hänen oli myönnettävä, että tapahtumat vaikuttivat häneen.
Las mujeres habían estado diciendo todo lo que estaban haciendo.
Naiset olivat kertoneet kaiken, mitä he tekivät.
Habían estado caminando de un lado a otro por la habitación.
He olivat kävelleet edestakaisin huoneessa.
El rayado de todos los muebles en el suelo.
Kaikkien lattialla olevien huonekalujen raapiminen.
Se sentía como si lo atacaran desde todos lados.
Hänestä tuntui kuin häntä hyökättäisiin joka puolelta.
Apretó la cabeza y las piernas lo más fuerte que pudo.
Hän veti päänsä ja jalkansa niin tiukasti sisään kuin pystyi.
Con todas sus fuerzas presionó su cuerpo contra el suelo.
Kaikella voimallaan hän painoi ruumiinsa maahan.
Sabía que no podría soportar todo esto por mucho más tiempo.
Hän tiesi, ettei kestäisi tätä kaikkea enää kauaa.
Vaciaron su habitación y se llevaron todo lo que amaba.
He tyhjensivät hänen huoneensa ja veivät kaiken, mitä hän rakasti.
Ya se habían llevado la caja que contenía todas sus herramientas.
He olivat jo ottaneet laatikon, joka sisälsi kaikki hänen työkalunsa.
Ahora estaban aflojando su pesado escritorio del suelo.
Nyt he irrottivat hänen raskasta pöytäänsä maasta.
El escritorio en el que había trabajado después de regresar del trabajo.
Pöytä, jonka ääressä hän oli työskennellyt palattuaan töistä.
El escritorio en el que había escrito sus tareas comerciales.
Pöytä, jolle hän oli kirjoittanut työtehtävänsä.

El escritorio en el que había hecho sus deberes en la escuela secundaria.
Pulpetti, jolla hän oli tehnyt läksynsä yläasteella.
Sí, ya había tenido este pupitre en la escuela primaria.
Kyllä, hänellä oli ollut tämä pulpetti jo ala-asteella.
Realmente no tuvo tiempo de confirmar sus buenas intenciones.
Hänellä ei todellakaan ollut aikaa vahvistaa heidän hyviä aikomuksiaan.
Aunque ya casi había olvidado que estaban allí.
Vaikka hän oli melkein unohtanut heidän olevan siellä joka tapauksessa.
Porque trabajaban en silencio, por el cansancio.
Koska he työskentelivät hiljaa uupumuksen vuoksi.
Estaban demasiado cansados para anunciar sus movimientos ahora.
He olivat liian väsyneitä ilmoittaakseen liikkeistään nyt.
Lo único que oyó fueron sus pesados pasos en el suelo.
Hän kuuli vain heidän raskaat askeleensa lattialla.
Justo en ese momento estaban apoyados sobre la caja.
Juuri sillä hetkellä he nojasivat laatikkoa vasten.
Y entonces Gregor salió de debajo del sofá.
Ja silloin Gregor tuli esiin sohvan alta.
Cambió la dirección en la que corría cuatro veces.
Hän muutti juoksusuuntaansa neljä kertaa.
No podía decidir qué elemento debía salvarse primero.
Hän ei osannut päättää, mikä esine olisi pitänyt pelastaa ensin.
De repente su atención se dirigió a la pared vacía.
Yhtäkkiä hänen huomionsa kiinnittyi tyhjään seinään.
Lo único que le quedó fue la fotografía de la dama con pieles.
Hänelle oli jätetty vain kuva turkispuvun naisesta.
Se arrastró hasta la imagen para presionar su cuerpo contra el de ella.
Hän ryömi kuvan luo painautuakseen ruumiillaan häntä vasten.
Y su cuerpo cubrió completamente la vista de la imagen.

Ja hänen ruumiinsa peitti kokonaan kuvan näkymän.
El vaso lo sostuvo y reconfortó su vientre caliente.
Lasi kannatteli häntä ja helli hänen kuumaa vatsaansa.
Esta fotografía ya no se la pudieron quitar.
Tätä kuvaa ei häneltä enää voitu ottaa.
Luego giró la cabeza hacia la puerta de la sala de estar.
Sitten hän käänsi päänsä olohuoneen ovea kohti.
Iba a observar mientras las mujeres regresaban a la habitación.
Hän aikoi katsoa, kun naiset palaisivat huoneeseen.
Y no descansaron mucho antes de regresar nuevamente.
Eivätkä he levänneet kauan ennen kuin palasivat takaisin.
El brazo de Grete rodeaba a su madre para ayudarla a caminar.
Greten käsivarsi oli äitinsä ympärillä auttaakseen tätä kävelemään.
"¿Qué nos llevamos ahora?" dijo Grete y miró a su alrededor.
"Mitä me nyt otamme?" sanoi Grete ja katseli ympärilleen.
Justo en ese momento su mirada se encontró con los ojos de Gregor.
Juuri sillä hetkellä hänen katseensa kohtasi Gregorin silmät.
A pesar del shock, mantuvo la presencia de ánimo.
Järkytyksestä huolimatta hän säilytti mielensä.
Probablemente sólo por la presencia de su madre.
Todennäköisesti vain äitinsä läsnäolon ansiosta.
Ella inclinó su rostro hacia su madre, cubriéndole la vista.
Hän kumartui äitiään kohti peittäen näkymän.
Y entonces dijo, aunque temblorosa y desconsiderada:
Ja sitten hän sanoi, vaikka vapisten ja ajattelematta:
-Vamos, ¿no deberíamos volver a la sala de estar?
"No niin, eikö meidän pitäisi mennä takaisin olohuoneeseen?"
Gregor podía comprender fácilmente las intenciones de la hermana.
Gregor ymmärsi helposti sisaren aikeet.
Su primera prioridad fue poner a su madre a salvo.
Hänen ensimmäinen prioriteettinsa oli saada äitinsä turvaan.
Pero luego ella iba a perseguirlo desde la pared.

Mutta sitten hän aikoi ajaa hänet alas muurilta.
«¡Pues claro que puede intentarlo!», pensó Gregor para sus adentros.
"No, hän voi toki yrittää!" Gregor ajatteli mielessään.
Se sentó firmemente sobre su imagen y no renunció a ella.
Hän istui tiukasti kuvansa päällä eikä luopunut siitä.
Preferiría haberle saltado en la cara a la hermana.
Hän olisi mieluummin hypännyt siskon naamaan.
Pero las palabras de Grete preocuparon aún más a su madre.
Mutta Greten sanat olivat huolestuttaneet hänen äitiään vielä enemmän.
Ella se hizo a un lado para ver lo que le ocultaban.
Hän astui sivuun nähdäkseen, mitä häneltä salattiin.
Y vio la mancha marrón en el papel pintado floreado.
Ja hän näki ruskean tahran kukkatapetissa.
Y ella gritó antes de darse cuenta de que era Gregor.
Ja hän huusi ennen kuin edes tajusi, että se oli Gregor.
"Oh Dios", gritó con los brazos extendidos.
"Voi luoja!" hän huusi kädet ojennettuina.
Y ella se dejó caer en el sofá como si se hubiera rendido.
Ja hän kaatui sohvalle kuin olisi luovuttanut.
—¡Gregor! —gritó la hermana levantando el puño.
"Gregor!" huusi sisar hänelle nyrkki kohotettuna.
Y ella le dirigió una mirada larga, dura y penetrante.
Ja hän loi häneen pitkän, kovan ja läpitunkevan katseen.
Esta era la primera vez que hablaba con él directamente.
Tämä oli ensimmäinen kerta, kun hän puhui hänelle suoraan.
Corrió a la habitación de al lado para conseguir algunas sales aromáticas.
Hän juoksi viereiseen huoneeseen hakemaan tuoksusuoloja.
Tenía que devolverle la conciencia a su madre.
Hänen täytyi saada äitinsä takaisin tajuihinsa.
Gregor quería ayudar, podría salvar la imagen más tarde.
Gregor halusi auttaa, hän voisi tallentaa kuvan myöhemmin.
Pero él se había quedado firmemente pegado al cristal.
Mutta hän oli juuttunut tiukasti lasiin.
Entonces tuvo que apartarse usando mucha fuerza.

Niinpä hänen täytyi repiä itsensä irti käyttämällä paljon
voimaa.
**Él también corrió a la habitación de al lado, donde estaba la
hermana.**
Hänkin juoksi viereiseen huoneeseen, jossa sisar oli.
En el pasado podría haberle dado algún consejo.
Ennen vanhaan hän olisi voinut antaa hänelle neuvoja.
**Pero ahora no podía hacer nada más que quedarse de brazos
cruzados y observar.**
Mutta nyt hän ei voinut tehdä muuta kuin seistä
toimettomana ja katsella.
Revolvió el cajón y abrió varias botellas.
Hän penkoi laatikkoa ja avasi erilaisia pulloja.
Y todavía la asustó cuando ella se dio la vuelta.
Ja hän pelotti häntä yhä, kun tämä kääntyi ympäri.
Una botella cayó al suelo, se rompió y se astilló.
Pullo putosi lattialle, rikkoutui ja halkesi sirpaleiksi.
Una astilla de vidrio golpeó la cara de Gregor y lo hirió.
Lasinsirpale osui Gregorin kasvoihin ja haavoitti häntä.
La botella contenía algún tipo de líquido cáustico.
Pullo oli sisältänyt jonkinlaista syövyttävää nestettä.
Y ahora el líquido corrosivo quemaba la cara de Gregor.
Ja nyt syövyttävä neste poltti Gregorin kasvoja.
**Sin embargo, la hermana no tenía tiempo para Gregor en ese
momento.**
Siskolla ei kuitenkaan ollut aikaa Gregorille juuri nyt.
Ella recogió tantas botellas como pudo.
Hän keräsi niin monta pulloa kuin pystyi.
Y ella corrió de nuevo hacia su madre con la medicina.
Ja hän juoksi takaisin äitinsä luo lääkkeet mukanaan.
Ella cerró la puerta con el pie, dejando afuera a Gregor.
Hän paiskasi oven jalallaan kiinni sulkien Gregorin ulos.
**Ahora estaba separado de su madre, que estaba
potencialmente moribunda.**
Hän oli nyt eristetty mahdollisesti kuolevasta äidistään.
Si abriera la puerta, echaría a la hermana.
Jos hän avaisi oven, hän ajaisi sisaren pois.

Pero por supuesto tuvo que quedarse para cuidar a la madre.

Mutta tietenkin hänen täytyi jäädä huolehtimaan äidistä.

Ya no podía hacer nada más que esperarlos.

Hän ei voinut enää tehdä mitään muuta kuin odottaa heitä.

Acosado por el autorreproche y la ansiedad, comenzó a gatear.

Itsesyytösten ja ahdistuksen vaivaamana hän alkoi ryömiä.

Se arrastró por todas partes: las paredes, los muebles, el techo.

Hän ryömi kaikkialla: seinillä, huonekaluilla, katolla.

Sintió como si toda la habitación girara a su alrededor.

Hänestä tuntui kuin koko huone pyörisi hänen ympärillään.

Finalmente, desesperado y mareado, volvió a caer.

Lopulta hän kaatui takaisin alas epätoivoissaan ja huimauksessa.

Y cayó justo encima de la gran mesa del comedor.

Ja hän putosi suoraan ison ruokapöydän päälle.

Pasó algún tiempo tendido allí, entumecido e incapaz de moverse.

Hän vietti jonkin aikaa maaten siinä, tunnottomana ja kykenemättömänä liikkumaan.

Estaba exhausto por todo lo que el día le había traído.

Hän oli uupunut kaikesta, mitä tämä päivä oli hänelle tuonut.

Todo estaba tranquilo, pero tal vez eso era una buena señal.

Hiljaista oli kaikkialla, mutta ehkä se oli hyvä merkki.

Entonces, rompiendo el silencio, sonó el timbre de la puerta de afuera.

Sitten hiljaisuuden rikkoi ulkona soinut ovikello.

La criada, por supuesto, se había encerrado en su cocina.

Palvelijatar oli tietenkin lukinnut itsensä keittiöönsä.

Así que la hermana era la única que podía abrir la puerta.

Joten sisko oli ainoa, joka pystyi avaamaan oven.

"¿Qué pasó?" fue lo primero que preguntó el padre.

"Mitä tapahtui?" oli isän ensimmäinen kysymys.

La aparición de Grete probablemente le había dicho todo.

Greten ulkonäkö oli luultavasti kertonut hänelle kaiken.

La voz de Grete se volvió apagada y apagada mientras hablaba.

Greten ääni vaimentui ja käheytyi hänen puhuessaan.

Ella debió haber presionado su cara contra el pecho de su padre.

Hänen täytyi painaa kasvonsa isänsä rintaa vasten.

"La madre estaba inconsciente, pero ahora se siente mejor".

"Äiti oli tajuton, mutta hän voi nyt paremmin."

—Gregor ha escapado —añadió, tal como él esperaba.

– Gregor on paennut, hän lisäsi, kuten Gregor oli odottanutkin.

"Siempre te dije que algún día se escaparía."

"Olen aina sanonut sinulle, että hän jonain päivänä pakenee."

—Pero vosotras, las mujeres, no quisisteis escucharme, ¿verdad?

"Mutta te naiset ette halunneet kuunnella minua, vai mitä?"

Gregor se dio cuenta rápidamente de cómo vería las cosas su padre.

Gregor tajusi nopeasti, miten hänen isänsä näkisi asiat.

Había malinterpretado el mensaje demasiado breve de Grete.

Hän oli tulkinnut Greten liian lyhyen viestin väärin.

Supuso que Gregor había cometido algún acto de violencia.

Hän oletti Gregorin tehneen jonkin väkivaltateon.

Gregor tenía que encontrar una manera de apaciguar a su padre de alguna manera.

Gregorin täytyi jotenkin löytää keino lepyttää isäänsä.

Porque no tuvo tiempo de explicarle las cosas.

Koska hänellä ei ollut aikaa selittää asioita hänelle.

Pero de todos modos no habría podido explicar las cosas.

Mutta ei hän olisi kuitenkaan pystynyt selittämään asioita.

Entonces huyó hacia la puerta y se pegó a ella.

Niinpä hän pakeni ovelle ja painautui sitä vasten.

De esa manera su padre podría verlo desde la antesala.

Sillä tavalla hänen isänsä näki hänet eteisestä.

Y podría ver que tenía las mejores intenciones.

Ja hän näkisi, että hänellä oli parhaat aikomukset.

No había necesidad de empujarlo con una escoba.
Häntä ei tarvinnut työntää luudalla taaksepäin.
Lo único que el padre habría tenido que hacer era abrir la puerta.
Isän olisi tarvinnut vain avata ovi.
Pero él no estaba de humor para notar tales sutilezas.
Mutta hän ei ollut sillä tuulella, että olisi huomannut sellaisia hienouksia.
"¡Ahí estás!" exclamó nada más entrar.
"Siinäpä se!" hän huudahti heti astuttuaan sisään.
Era como si estuviera enojado y feliz al mismo tiempo.
Oli kuin hän olisi ollut samaan aikaan sekä vihainen että iloinen.
Echó la cabeza hacia atrás y miró al padre.
Hän nosti päänsä taakseen ja katsoi isää.
No se había imaginado que su padre estuviera allí así.
Hän ei ollut kuvitellut isänsä seisovan siinä näin.
Pero en los últimos tiempos había encontrado una nueva distracción.
Mutta viime aikoina hän oli löytänyt uuden harrastuksen.
Gatear ahora ocupaba gran parte de su día.
Ryömiminen vei nyt suuren osan hänen päivästään.
Antes, él estaba al tanto de todas las novedades que ocurrían en el apartamento.
Ennen hän piti kirjaa kaikista asunnon uutisista.
Pero últimamente no había estado prestando tanta atención.
Mutta hän ei ollut kiinnittänyt siihen viime aikoina niin paljon huomiota.
Debería haber estado preparado para afrontar los cambios.
Hänen olisi pitänyt olla valmis kohtaamaan muutoksia.
Sin embargo, ¿era este hombre que tenía delante todavía el padre?
Oliko tämä mies kuitenkin edelleen isä ennen häntä?
¿Era él el mismo hombre que solía yacer cansado en su cama?
Oliko hän sama mies, joka makasi väsyneenä sängyssään?
Cuando Gregor ya se había ido de viaje de negocios.

Kun Gregor oli jo lähtenyt työmatkalle.

¿Era él el mismo hombre que lo saludaba por las noches?

Oliko hän sama mies, joka tervehti häntä iltaisin?

Cuando estaba en bata en su sillón.

Kun hän istui aamutakissaan nojatuolissaan.

¿Era el mismo hombre que no pudo levantarse a darle la bienvenida?

Oliko hän sama mies, joka ei pystynyt nousemaan ylös toivottamaan häntä tervetulleeksi?

Entonces, permaneciendo sentado, levantó el brazo en señal de alegría.

Niinpä hän pysyi istumassa ja nosti kätensä ilon merkiksi.

¿Era el mismo hombre con el que salía a caminar de vez en cuando?

Oliko hän sama mies, jonka kanssa hän kävi silloin tällöin kävelyillä?

En raras ocasiones: algunos domingos al año o días festivos.

Harvinaisissa tapauksissa: muutamana sunnuntaina vuodessa tai pyhäpäivinä.

¿Era el mismo hombre que caminaba envuelto en su abrigo?

Oliko hän sama mies, joka käveli päällystakkiinsa kääriytyneenä?

¿Avanzó lentamente, entre la madre y él?

Työnsikö hän itseään hitaasti eteenpäin, äidin ja hänen välissään?

Y ellos ya caminaban lentamente por causa de él.

Ja he kävelivät jo hitaasti hänen takiaan.

Pero ahora este hombre estaba de pie, fuerte y erguido.

Mutta nyt tämä mies seisoi vahvana ja suorana.

Estaba vestido con un uniforme azul con botones dorados.

Hän oli pukeutunut siniseen univormuun, jossa oli kultaiset napit.

Botones que llevan los empleados de las instituciones bancarias.

Pankkilaitosten palvelijoiden käyttämät napit.

Por encima del rígido cuello emergía su fuerte papada.

Jäykän kauluksen yläpuolelta erottui hänen vahva
kaksoisleuka.
Bajo sus pobladas cejas se asomaban sus ojos negros.
Tuuheiden kulmakarvojensa alta pilkistivät mustat silmät.
Ahora sus ojos parecían penetrantes, frescos y alertas.
Nyt hänen silmänsä näyttivät läpitunkevilta, raikkailta ja
valppailta.
**El cabello blanco, anteriormente despeinado, fue peinado
hacia abajo.**
Aiemmin sekaisin olleet valkoiset hiukset kammattiin alas.
Y su cabello ahora tenía una meticulosa raya central.
Ja hänen hiuksissaan oli nyt huolellinen keskijakaus.
**Arrojó su sombrero, que estaba adornado con un
monograma dorado.**
Hän heitti hatunsa, johon oli kiinnitetty kultainen
monogrammi.
**Probablemente era el monograma del banco en el que
trabajaba.**
Se oli luultavasti sen pankin monogrammi, jossa hän
työskenteli.
Y el sombrero aterrizó en el sofá, para guardarlo más tarde.
Ja hattu laskeutui sohvalle, laitettavaksi myöhemmin pois.
**Empujó hacia atrás la parte inferior de la larga chaqueta del
uniforme.**
Hän työnsi pitkän univormutakkinsa helman taaksepäin.
Y metió los pulgares en los bolsillos de sus pantalones.
Ja hän työnsi peukalonsa housujensa taskuihin.
Y luego, con cara sombría, caminó hacia Gregor.
Ja sitten hän käveli synkkänä Gregoria kohti.
Probablemente ni siquiera sabía lo que planeaba hacer.
Todennäköisesti hän ei edes tiennyt, mitä aikoi tehdä.
Pero aún así levantó los pies inusualmente alto.
Mutta hän nosti jalkansa epätavallisen korkealle.
**Gregor estaba asombrado por el enorme tamaño de sus
botas.**
Gregor oli hämmästynyt saappaidensa valtavasta koosta.

Pero realmente no había tiempo para maravillarse con sus zapatos.

Mutta aikaa ei todellakaan ollut ihmetellä hänen kenkiään.

El padre había decidido aplicar una disciplina muy estricta.

Isä oli päättänyt noudattaa erittäin tiukkaa kurinpitoa.

Para Gregor sólo era apropiada la mayor severidad.

Vain suurin ankaruus oli sopivaa Gregorille.

Él lo sabía desde el primer día de su transformación.

Hän tiesi tämän muodonmuutoksensa ensimmäisestä päivästä lähtien.

Corrió hacia su padre y se detuvo cuando él se detuvo.

Hän juoksi isänsä luo ja pysähtyi, kun tämä pysähtyi.

Corrió hacia él nuevamente cuando se movió de nuevo.

Hän kiiruhti häntä kohti, kun tämä liikkui uudelleen.

El padre se detuvo un momento y Gregor también.

Isä pysähtyi hetkeksi, ja niin teki Gregorkin.

Y corrió hacia adelante nuevamente tan pronto como su padre se movió.

Ja hän ryntäsi taas eteenpäin heti isänsä liikahdettua.

De esta manera dieron varias vueltas alrededor de la habitación.

Tällä tavoin he kiersivät huoneen useita kertoja.

Nadie había conseguido aún ninguna ventaja decisiva.

Kukaan ei ollut vielä saavuttanut ratkaisevaa etulyöntiasemaa.

No se podría haber tenido la impresión de una persecución.

Ei olisi voinut saada sellaista vaikutelmaa, että kyseessä olisi ollut takaa-ajo.

Porque todo el acontecimiento se estaba produciendo demasiado lentamente.

Koska koko tapahtuma eteni aivan liian hitaasti.

Gregor había decidido quedarse en tierra.

Gregor oli päättänyt jäädä maan pinnalle.

Podría haber corrido por las paredes y a lo largo del techo.

Hän olisi voinut juosta seiniä ylös ja kattoa pitkin.

Pero no quería provocar al padre innecesariamente.

Mutta hän ei halunnut ärsyttää isää tarpeettomasti.

Una huida así podría haber parecido especialmente perversa.

Tällainen pako olisi voinut tuntua erityisen ilkeältä.
Gregor admitió que esta persecución no podía durar mucho más.
Gregor myönsi, ettei takaa-ajo voisi kestää enää kauan.
Cada paso debía ir acompañado de una miríada de movimientos.
Jokainen askel piti kohdata lukemattomilla liikkeillä.
Ya empezaba a sentir falta de aire.
Hän alkoi jo tuntea hengenahdistusta.
Incluso antes nunca había tenido unos pulmones completamente confiables.
Jo ennenkin hänellä ei ollut täysin luotettavia keuhkoja.
Avanzó tambaleándose, guardando sus fuerzas para la carrera.
Hän horjahti eteenpäin säästäen voimia juoksua varten.
Estaba tan cansado que apenas podía mantener los ojos abiertos.
Hän oli niin väsynyt, ettei hän pystynyt pitämään silmiään auki.
Sus pensamientos se volvieron demasiado lentos para pensar en otras escapatorias.
Hänen ajatuksensa hidastuivat liian hitaasti keksiäkseen muita pakokeinoja.
Casi había olvidado que los muros estaban a su disposición.
Hän oli melkein unohtanut, että seinät olivat hänen käytettävissään.
Pero de todos modos las paredes estaban ocultas detrás de los muebles.
Mutta seinät olivat joka tapauksessa huonekalujen takana.
Y los muebles tenían demasiadas muescas y protuberancias.
Ja huonekaluissa oli liikaa lovia ja ulkonemia.
Y luego, justo a su lado, rodando, había una manzana.
Ja sitten, aivan hänen vieressään, vierimässä, oli omena.
La manzana debió haberle sido arrojada, se dio cuenta.
Omena oli varmaan heitetty häntä kohti, hän tajusi.
Pero no tuvo tiempo de pensar antes de que llegara otra manzana.

Mutta hänellä ei ollut aikaa miettiä, ennen kuin uusi omena tuli.

Gregor se quedó paralizado por la nueva estrategia del padre.

Gregor jähmettyi järkyttyneeksi isän uudesta strategiasta.

Ya no podía ganar nada intentando huir.

Hän ei enää saanut mitään irti juoksemisesta.

El padre había decidido bombardearlo con fruta.

Isä oli päättänyt pommittaa häntä hedelmillä.

Se había llenado los bolsillos con lo que había en el frutero de la cocina.

Hän oli täyttänyt taskunsa keittiön hedelmäkulhosta.

Sin apuntar especialmente, lanzó manzana tras manzana.

Ilman erityistä tähtäämistä hän heitteli omenaa omenan perään.

Estas pequeñas manzanas rojas rodaban por el suelo.

Nämä pienet punaiset omenat pyörivät maassa.

Como si estuvieran electrificadas, las manzanas chocaron entre sí.

Kuin sähköistyneinä omenat törmäsivät toisiinsa.

Una de las manzanas lanzadas débilmente rozó la espalda de Gregor.

Yksi heikosti heitetyistä omenoista raapaisi Gregorin selkää.

Afortunadamente para él, la manzana se deslizó sin sufrir daño.

Onneksi omena liukui pois vaarattomana.

Sin embargo, la manzana lanzada después fue más precisa.

Jälkeenpäin heitetty omena oli kuitenkin tarkempi.

Y esta manzana se alojó profundamente en la espalda de Gregor.

Ja tämä omena juuttui syvälle Gregorin selkään.

Gregor quería alejarse del dolor.

Gregor halusi raahata itsensä pois kivun keskeltä.

Quizás se pueda escapar de este nuevo e increíble dolor.

Ehkä tämä uusi, uskomaton kipu voitaisiin välttää.

Quizás un cambio de ubicación aliviaría su agonía.

Ehkä paikanvaihto helpottaisi hänen tuskaansa.

Pero se sentía como si lo hubieran clavado al suelo.
Mutta hänestä tuntui kuin hänet olisi naulittu lattiaan.
Se estiró, pero sólo debido a su confusión.
Hän venytti itsensä, mutta vain hämmennyksensä vuoksi.
Sólo con su última mirada vio que la puerta se abría.
Vasta viimeisellä silmäyksellään hän näki oven avautuvan.
La madre corrió hacia su hermana, que gritaba.
Äiti ryntäsi huutavan sisaren eteen.
La hermana la había desnudado, por lo que estaba en camisa.
Sisko oli riisunut hänet, joten hänellä oli yllään paita.
Había necesitado respirar en su inconsciencia.
Hän oli tarvinnut hengähdystauon tajuttomuudessaan.
Todavía veía cómo la madre corría hacia el padre.
Hän näki yhä, kuinka äiti juoksi isää kohti.
Sus faldas se deslizaron hasta el suelo, una tras otra.
Hänen hameensa valuivat maahan yksi toisensa jälkeen.
La vio acercarse al padre y tropezar con su falda.
Hän näki tytön lähestyvän isää ja kompastuvan tämän hameeseen.
Abrazándolo, pidió que le perdonaran la vida a Gregor.
Hän syleili häntä ja pyysi Gregorin hengen säästämistä.
En completa unión con su cuerpo, su vista falló.
Täydellisessä yhteydessä ruumiiseensa hänen näkönsä petti.

Gregor sufrió la grave lesión durante más de un mes.
Gregor kärsi vakavasta vammasta yli kuukauden ajan.
La manzana quedó incrustada; nadie se atrevió a sacarla.
Omena pysyi maassa; kukaan ei uskaltanut poistaa sitä.
La manzana permaneció en su carne como un recordatorio visible.
Omena pysyi hänen lihassaan näkyvänä muistutuksena.
Pero la manzana también sirvió como recordatorio para el padre.
Mutta omena toimi myös muistutuksena isälle.
Se dio cuenta de que no debía tratar a Gregor como a un enemigo.
Hän ymmärsi, ettei Gregoria pitäisi kohdella vihollisena.
Actualmente su apariencia puede ser triste y repugnante.
Tällä hetkellä hänen olemuksensa saattaa olla surullinen ja vastenmielinen.
Pero aún así, seguía siendo un miembro de su familia.
Mutta siitä huolimatta hän oli edelleen heidän perheenjäsenensä.
Había que aceptar la reticencia y tolerarla.
Vastahakoisuus oli nieltävä ja siedettävä.
Debido a su herida, es posible que haya perdido su movilidad para siempre.
Vamman vuoksi hänen liikuntakykynsä voi hyvinkin olla menetetty ikuisiksi ajoiksi.
Todavía gateaba por su habitación, pero mucho más lento.
Hän ryömi edelleen huoneessaan, mutta paljon hitaammin.
Arrastrarse a cualquier altura estaba fuera de cuestión.
Millään korkeudella ryömiminen oli täysin mahdotonta.
Pero Gregor recibió algún tipo de compensación.
Mutta Gregor sai jonkinlaisen korvauksen.
Por la noche se le abrió la puerta del salón.
Illalla olohuoneen ovi avattiin hänelle.

Y consideró que estas reparaciones eran completamente adecuadas.

Ja hän piti näitä korvauksia täysin riittävinä.

Antes del anochecer ya había empezado a vigilar la puerta.

Ennen iltaa hän alkoi jo tarkkailla ovea.

Él yacía en la oscuridad, invisible desde la sala de estar.

Hän makasi pimeydessä, näkymätön olohuoneesta.

Pudo ver a toda la familia en la mesa iluminada.

Hän näki koko perheen valaistun pöydän ääressä.

Ahora se le permitió escuchar sus conversaciones.

Hänen sallittiin nyt kuunnella heidän keskustelujaan.

Esto fue bastante diferente a su arreglo anterior.

Tämä oli aivan erilainen kuin heidän aiempi järjestelynsä.

Las animadas conversaciones de tiempos pasados habían terminado.

Aiempien aikojen vilkas keskustelu oli ohi.

Éstas eran las conversaciones que tanto anhelaba.

Näitä keskusteluja hän oli odottanut.

Cuando dormía solo en pequeñas habitaciones de hotel.

Kun hän nukkui yksin pienissä hotellihuoneissa.

Cuando tuvo que arrojarse entre las sábanas húmedas.

Kun hänen täytyi heittäytyä kosteisiin lakanoihin.

Pero ahora las tardes eran en su mayoría tranquilas y sin acontecimientos.

Mutta illat olivat nyt enimmäkseen hiljaisia ja tapahtumaköyhiä.

El padre se quedó dormido en su sillón después de cenar.

Isä nukahti nojatuoliinsa illallisen jälkeen.

Y la madre y la hermana se animaban mutuamente a guardar silencio.

Ja äiti ja sisko kehottivat toisiaan olemaan hiljaa.

La madre, inclinada hacia la luz, cosía lino.

Äiti, nojaten kauas valon yli, ompeli pellavaa.

Ahora ella hace vestidos para una de las tiendas de moda.

Hän tekee nykyään mekkoja yhdelle muotiliikkeistä.

Al igual que Gregor, la hermana había conseguido un trabajo como vendedora.

Gregorin tavoin sisar oli ottanut vastaan työpaikan myyjänä.
Ella estaba aprendiendo taquigrafía y francés por las tardes.
Hän opetti iltaisin pikakirjoitusta ja ranskaa.
Para que más adelante pudiera tal vez conseguir un mejor puesto de trabajo.
Jotta hän voisi myöhemmin saada paremman työpaikan.
A veces el padre se despertaba de sus siestas nocturnas.
Isä heräili joskus iltapäiväunilta.
"¡Cariño, ya llevas un buen rato cosiendo hoy!"
"Kulta, oletpa ommellut jo niin kauan tänään!"
Parecía haber olvidado que había estado durmiendo.
Hän näytti unohtaneen nukkuneensa.
Pero inmediatamente volvió a caer en un sueño profundo.
Mutta hän vaipui heti takaisin uneensa.
Y la madre y la hermana se sonrieron cansadamente.
Ja äiti ja sisko hymyilivät väsyneesti toisilleen.
El padre había desarrollado una extraña y nueva terquedad.
Isälle oli kehittynyt uusi outo itsepäisyys.
Incluso en casa se negó a quitarse el uniforme de sirviente.
Kotonakaan hän kieltäytyi riisumasta palvelijan univormuaan.
Y su bata colgaba inútilmente en la percha.
Ja hänen aamutakkinsa roikkui turhaan henkarissa.
Así pues, el padre dormía, completamente vestido, en su sillón.
Niinpä isä nukkui täysin pukeutuneena nojatuolissaan.
Era como si siempre estuviera dispuesto a prestar su servicio.
Oli kuin hän olisi aina ollut valmis tekemään palveluksensa.
Como si estuviera esperando la voz de su superior.
Aivan kuin hän olisi vain odottanut esimiehensä ääntä.
Esto provocó que su uniforme perdiera su limpieza.
Tämä johti siihen, että hänen univormunsa menetti puhtautensa.
Aunque el uniforme tampoco era nuevo cuando lo recibió.
Vaikka univormu ei ollut uusikaan, kun hän sen sai.
Y la madre hizo todo lo posible para cuidar el uniforme.
Ja äiti teki parhaansa pitääkseen univormua kunnossa.
Gregor pasaba tardes enteras mirando este uniforme.

Gregor vietti kokonaisia iltoja katsellen tätä univormua.
Observó cómo el anciano dormía de manera muy incómoda.
Hän katseli, kuinka vanha mies nukkui erittäin epämukavasti.
Pero mientras dormía también notó algo pacífico.
Mutta unissaan hän huomasi myös jotain rauhoittavaa.
Cuando el reloj dio las diez la madre intentó despertarlo.
Kun kello löi kymmenen, äiti yritti herättää hänet.
Ella habló en voz baja y lo convenció de ir a la cama.
Hän puhui hiljaa ja suostutteli miehen menemään
nukkumaan.
Porque dormir en el sillón no era dormir de verdad.
Koska nojatuolissa nukkuminen ei ollut oikeaa unta.
Iba a tener que empezar a trabajar a las seis en punto.
Hänen oli määrä aloittaa työt kuudelta.
Así que realmente necesitaba dormir lo mejor posible.
Joten hänen todella piti saada nukkua mahdollisimman hyvin.
Pero una nueva forma de terquedad se apoderó de él.
Mutta hänet oli vallannut uudenlainen itsepäisyys.
**Convertirse en sirviente había comenzado a tener ese efecto
en él.**
Palvelijaksi tuleminen oli alkanut vaikuttaa häneen tällä
tavalla.
Así que siempre insistía en quedarse más tiempo en la mesa.
Niinpä hän halusi aina viipyä pöydässä pidempään.
**Aunque con regularidad volvía a quedarse dormido en su
silla.**
Vaikka hän nukahti säännöllisesti tuoliinsa uudelleen.
Y sólo con la mayor dificultad pudo ser movido.
Ja häntä voitiin liikuttaa vain äärimmäisen vaivoin.
Tuvieron que decirle que la cama sería mejor para él.
Hänelle piti kertoa, että sänky olisi hänelle parempi.
**Madre y hermana tuvieron que insistir con pequeñas
advertencias.**
Äidin ja sisaren täytyi vaatia pienin varoituksin.
**Durante quince minutos se limitó a menear lentamente la
cabeza.**
Viidentoista minuutin ajan hän vain pudisti hitaasti päätään.

Y mantuvo los ojos cerrados y se negó a levantarse.
Ja hän piti silmänsä kiinni eikä suostunut nousemaan ylös.
La madre tiró de su manga, suavemente, pero con firmeza.
Äiti nykäisi häntä hihasta hellästi mutta lujasti.
Y ella susurró palabras halagadoras en sus oídos cansados.
Ja hän kuiskasi imartelevia sanoja hänen väsyneisiin
korviinsa.
**La hermana abandonó la tarea que tenía entre manos para
ayudar a su madre.**
Sisko jätti tehtävänsä auttaakseen äitiään.
Pero ninguno de sus esfuerzos funcionó con el padre.
Mutta yksikään heidän ponnisteluistaan ei tehonnut isään.
Se hundió aún más en su silla, preparado para dormir.
Hän vajosi vielä syvemmälle tuoliinsa, valmistautuneena
nukkumaan.
Y finalmente las mujeres lo agarraron por las axilas.
Ja lopuksi naiset tarttuivat häntä kainaloihin.
Abrió los ojos y los miró alternativamente.
Hän avasi silmänsä ja katsoi niitä vuorotellen.
"¡Qué vida ésta!" se quejó al irse a dormir.
"Millaista elämää tämä onkaan", hän valitti mennessään
nukkumaan.
"¿Es esta la paz que me ha sido dada en mi vejez?"
"Onko tämä se rauha, jonka olen saanut vanhuudessani?"
**Pero entonces, apoyándose en las dos mujeres, se levantó
torpemente.**
Mutta sitten hän nojasi kömpelösti kahteen naiseen ja nousi
seisomaan.
Actuó como si llevara la carga más pesada.
Hän käyttäytyi aivan kuin kantaisi raskainta taakkaa.
**Dejó que las dos mujeres lo guiaran hasta el final de la
habitación.**
Hän antoi kahden naisen johdattaa hänet huoneen perälle.
Allí les deseó buenas noches y continuó su camino.
Siellä hän toivotti heille hyvää yötä ja jatkoi matkaansa omin
päin.
Pero la madre rápidamente arrojó su kit de costura.

Mutta äiti heitti kiireesti ompeluvälineensä alas.
Y la hermana también dejó el bolígrafo y el bloc de notas.
Ja sisko laski myös kynän ja muistikirjan alas.
Y corrieron detrás del padre para ayudarle aún más.
Ja he juoksivat isän perässä auttaakseen häntä eteenpäin.
¿Quién en esta familia sobrecargada de trabajo tenía tiempo para Gregor?
Kenellä tässä ylityöllistetyssä perheessä oli aikaa Gregorille?
¿Quién podría haberle prestado más atención de la necesaria?
Kuka olisi voinut antaa hänelle enemmän huomiota kuin olisi tarvinnut?
El presupuesto familiar se fue restringiendo cada vez más.
Kotitalouden budjetti kävi yhä tiukemmaksi.
Al final, para ahorrar dinero, tuvieron que despedir a la criada.
Lopulta heidän oli rahan säästämiseksi erotettava piika.
Fue reemplazada por una mujer de cabello blanco y huesos gruesos.
Hänet korvattiin paksuluuisella, valkotukkaisella naisella.
Pero esta mujer venía sólo por la mañana y por la tarde.
Mutta tämä nainen tuli vain aamuisin ja iltaisin.
Y todo el trabajo más pesado y duro quedó guardado para ella.
Ja kaikki raskain ja vaikein työ oli tallennettu hänelle.
La madre se encargaba de todos los demás quehaceres.
Kaikki muut kotityöt hoiti äiti.
Incluso ocurrió que se vendieron varias joyas familiares.
Sattui jopa, että erilaisia perheen koruja myytiin.
Joyas que las mujeres lucieron felizmente durante las celebraciones.
Koruja, joita naiset olivat iloisesti käyttäneet juhlien aikana.
Gregor aprendió esto en una de las discusiones generales.
Gregor oppi tämän yhdestä yleisestä keskustelusta.
La mayor queja, sin embargo, fue otra.
Suurin valituksen aihe oli kuitenkin aivan muu.

El apartamento era demasiado grande, pero no podían mudarse.

Asunto oli liian iso, mutta he eivät päässeet muuttamaan pois.

No había manera de que pudieran reubicar a Gregor.

He eivät olisi mitenkään voineet siirtää Gregoria.

Pero Gregor se dio cuenta de que no era sólo una consideración.

Mutta Gregor tajusi, ettei kyse ollut vain harkinnasta.

Algo más les impidió mudarse a otro lugar.

Jokin muu esti heitä muuttamasta muualle.

Podría haber sido fácilmente transportado en una caja adecuada.

Hänet olisi voitu helposti kuljettaa sopivassa laatikossa.

Sus sentimientos de completa desesperanza los frenaron.

Heidän täydellisen toivottomuuden tunteensa pidättelivät heitä.

No querían admitir que la desgracia les había golpeado.

He eivät halunneet myöntää, että heitä oli kohdannut epäonni.

Lo que el mundo exige de los pobres, ellos lo cumplen.

Mitä maailma köyhiltä vaatii, sen he täyttivät.

El padre le preparó el desayuno al pequeño empleado del banco.

Isä haki aamiaisen pienelle pankkivirkailijalle.

La madre se sacrificó por la ropa de desconocidos.

Äiti uhrasi itsensä vieraiden ihmisten pyykkien vuoksi.

La hermana corría de un lado a otro para atender los pedidos de los clientes.

Sisko juoksi edestakaisin asiakkaiden tilausten perässä.

Pero ya no tenían fuerzas para hacer más.

Mutta heillä ei vain ollut voimia tehdä enempää.

La herida en la espalda de Gregor comenzó a doler aún más.

Gregorin selässä oleva haava alkoi sattua entistä enemmän.

Cada noche, la madre y la hermana llevaban al padre a la cama.

Joka ilta äiti ja sisko toivat isän nukkumaan.

Dejaron su trabajo donde estaba y se sentaron juntos.

He jättivät työnsä siihen, mihin se oli, ja istuivat yhdessä.

Y se acercaron más y se sentaron mejilla contra mejilla.
Ja he siirtyivät lähemmäs toisiaan ja istuivat poski poskea vasten.
La madre señaló la habitación desde donde él observaba.
Äiti osoitti huonetta, josta mies katseli.
"¿Podrías cerrar la puerta?" le preguntó a la hermana.
"Voisitko sulkea oven?" hän kysyi siskolta.
Y entonces Gregor se quedó solo otra vez en la oscuridad.
Ja sitten Gregor jäi taas yksin pimeyteen.
Y en la habitación de al lado la mujer mezcló sus lágrimas.
Ja viereisessä huoneessa nainen sekoitti heidän kyyneleensä.
O bien se quedaban sentados con los ojos secos, simplemente mirando la mesa.
Tai he istuivat kuivin silmin ja vain tuijottivat pöytää.
Gregor apenas durmió, ni de noche ni de día.
Gregor nukkui tuskin lainkaan, ei yöllä eikä päivällä.
A menudo pensaba en cómo podría ayudar a la familia.
Hän mietti usein, miten voisi auttaa perhettään.
Pensó en ganar dinero nuevamente para ellos.
Hän ajatteli ansaita heille rahat uudelleen.
Pensó en hacer lo que solía hacer por ellos.
Hän ajatteli tekevänsä heidän hyväkseen sitä, mitä hän ennen teki.
En sus pensamientos regresó el representante autorizado.
Ajatuksissaan valtuutettu edustaja palasi.
Y esta vez el jefe también vino al apartamento.
Ja tällä kertaa pomo tuli myös asuntoon.
Y los oficinistas y los aprendices también estaban allí.
Ja kirjurit ja oppipojat olivat myös siellä.
Incluso el lento empleado de la oficina vino a verlo.
Jopa hidasälyinen toimistovirkailija tuli tapaamaan häntä.
Había dos o tres amigos de otros negocios.
Mukana oli pari kolme ystävää muista yrityksistä.
Una de las camareras de un hotel de provincias.
Yksi hotellin palvelijoista maakunnassa.
Un recuerdo querido y fugaz al que intentó aferrarse.
Rakas ja katoava muisto, josta hän yritti pitää kiinni.

Una cajera de una sombrerería para quien tenía intenciones.
Hattukaupan kassa, jota kohtaan hänellä oli aikomuksia.
Pero había sido un poco lento en ganar su aprobación.
Mutta hän oli ollut hieman liian hidas saamaan hänen
hyväksyntänsä.
**Todos ellos aparecieron en sus pensamientos, mezclados con
desconocidos.**
Ne kaikki ilmestyivät hänen ajatuksiinsa, sekoittuneina
vieraiden kanssa.
Y otros no aparecieron, ya estaban olvidados.
Eikä muita näkynyt; heidät oli jo unohdettu.
Pero no le ayudaron a él ni tampoco a la familia.
Mutta he eivät auttaneet häntä eivätkä perhettä.
Eran inaccesibles y él se alegró cuando se fueron.
He olivat saavuttamattomissa, ja hän oli iloinen heidän
lähtiessään.
**No siempre estaba de humor para preocuparse por la
familia.**
Hän ei aina ollut sillä tuulella, että olisi murehtinut perheensä
puolesta.
Y se llenó de rabia por la falta de atención.
Ja hän oli täynnä raivoa huomion puutteesta.
Y no podía imaginar nada que le apeteciera.
Eikä hän voinut kuvitella mitään, mihin hänellä olisi ollut
halua.
Pero aún así hizo planes para entrar en la despensa.
Mutta hän suunnitteli silti ruokakomeroon murtautumista.
Y él iba a tomar todo lo que se merecía.
Ja hän aikoi ottaa kaiken, minkä ansaitsi.
La hermana ya no hacía ningún esfuerzo especial por él.
Sisko ei enää tehnyt mitään erityistä ponnistelua hänen
hyväkseen.
Ella ya no pasaba el tiempo pensando en complacerlo.
Hän ei enää käyttänyt aikaa miettiäkseen hänen
miellyttämistään.
**Antes de ir a trabajar, rápidamente metió algo de comida en
la habitación.**

Ennen töitä hän työnsi nopeasti ruokaa huoneeseen.
Y por la noche volvió a barrer rápidamente la comida.
Ja illalla hän lakaisi ruoan nopeasti taas ylös.
Ya no se daba cuenta de si había comido o no.
Oliko hän syönyt vai ei, hän ei enää huomannut.
En la actualidad, la mayoría de las veces la comida se dejaba intacta.
Ruoka jätettiin nykyään useimmiten koskemattomaksi.
Ella todavía barría rápidamente la habitación por la noche.
Hän pyyhkäisi huoneen läpi nopeasti illalla.
Pero ahora hizo lo mínimo, lo más rápido posible.
Mutta nyt hän teki vain välttämättömän, niin nopeasti kuin mahdollista.
Quedaron vetas de suciedad corriendo por las paredes.
Seinille jäi likaisia juovia.
Bolas de polvo y basura quedaron tiradas en el suelo.
Lattialle jäi pöly- ja roskapalloja.
Gregor mostró su desaprobación por su falta de cuidado.
Gregor osoitti paheksuntansa hänen välinpitämättömyyttään.
Se giró en un ángulo particularmente significativo.
Hän käänsi itsensä erityisen merkittävään kulmaan.
Pero podría haber permanecido en el puesto durante semanas.
Mutta hän olisi voinut pysyä asemassa viikkoja.
Su hermana no habría notado su insatisfacción.
Hänen sisarensa ei olisi huomannut hänen tyytymättömyyttään.
Ella veía la suciedad tan bien como él, o incluso mejor.
Hän näki lian yhtä hyvin kuin hänkin, ellei paremmin.
Pero ella había decidido dejar la tierra donde estaba.
Mutta hän oli päättänyt jättää lian paikoilleen.
En ese momento adoptó una sensibilidad completamente nueva.
Tuolloin hän omaksui täysin uuden herkkyyden.
Ella había hecho de la limpieza de la habitación de Gregor su responsabilidad.
Hän oli ottanut Gregorin huoneen siivoamisen vastuulleen.

La familia se sintió conmovida por su amable consideración.
Perhe oli liikuttunut hänen ystävällisestä
huomaavaisuudestaan.
**Una vez, la madre le había dado a su habitación una
limpieza a fondo.**
Kerran äiti oli siivonnut hänen huoneensa perusteellisesti.
**Sólo después de utilizar unos cuantos baldes de agua lo
consiguió.**
Vasta käytettyään muutaman ämpärillisen vettä hän onnistui.
**Sin embargo, la nueva humedad en la habitación perjudicó a
Gregor.**
Huoneen uusi kosteus kuitenkin vahingoitti Gregoria.
Y él yacía ancho, amargado e inmóvil en el sofá.
Ja hän makasi leveänä, katkerana ja liikkumattomana sohvalla.
Pero ese fue sólo su primer castigo por ayudar.
Mutta se oli vasta hänen ensimmäinen rangaistuksensa
auttamisesta.
**La hermana notó rápidamente el cambio en la habitación de
Gregor.**
Sisko huomasi nopeasti muutoksen Gregorin huoneessa.
Y ella corrió a la sala, extremadamente insultada.
Ja hän juoksi olohuoneeseen äärimmäisen loukkaantuneena.
Su madre levantó las manos y trató de implorarle.
Hänen äitinsä nosti kätensä ja yritti pyytää häntä.
Pero a pesar de una explicación sincera, ella rompió a llorar.
Mutta vilpittömästä selityksestä huolimatta hän puhkesi
itkuun.
El padre, por supuesto, se sobresaltó y se levantó de la silla.
Isä tietenkin säpsähti tuolistaan.
Y los dos padres miraban asombrados e impotentes.
Ja kaksi vanhempaa katsoivat hämmästyneinä ja avuttomina.
Y con el tiempo sus emociones también se agitaron.
Ja lopulta heidän tunteensakin kiihtyivät.
El padre reprochó a la madre lo que había hecho.
Isä moitti äitiä siitä, mitä tämä oli tehnyt.
**"Deberías haber dejado la habitación para que Grete la
limpiara."**

"Sinun olisi pitänyt jättää huone Greten siivottavaksi."
Grete le gritó a la madre por limpiar su habitación.
Grete huusi äidille, koska tämä siivosi hänen huoneensa.
"¡Nunca más podrás limpiar su habitación!"
"Et saa enää koskaan siivota hänen huonettaan!"
La madre intentó arrastrar al padre al dormitorio.
Äiti yritti raahata isää makuuhuoneeseen.
La hermana se quedó en la habitación, temblando y sollozando.
Sisko jäi huoneeseen vapisemaan ja nyyhkyttämään.
Y golpeó la mesa con sus pequeños puños.
Ja hän hakkasi pöytää pienillä nyrkeillään.
Y Gregor, enojado, siseó fuertemente contra todos ellos.
Ja Gregor sihisi kovaan ääneen vihaisena heille kaikille.
¿Por qué a nadie se le ocurrió cerrarle la puerta?
Miksei kukaan tullut ajatelleeksi sulkea ovea hänen edestään?
Podrían haberle ahorrado esta vista y este ruido.
He olisivat voineet säästää hänet tältä näyltä ja melulta.
La hermana estaba agotada después de llegar a casa del trabajo.
Sisko oli uupunut tultuaan töistä kotiin.
Y cuidar a Gregor era aún más trabajo para ella.
Ja Gregorista huolehtiminen oli hänelle vieläkin työläämpää.
Pero eso no significaba que la madre debía haberlo hecho.
Mutta se ei tarkoittanut, että äidin olisi pitänyt tehdä niin.
A Gregor, por el contrario, no hay que descuidarlo.
Gregoria ei sen sijaan pidä unohtaa.
Pero ahora tenían una nueva criada que podía hacer esas cosas.
Mutta nyt heillä oli uusi palvelijatar, joka osasi tehdä sellaisia asioita.
Una viuda anciana que tenía una estructura ósea robusta.
Iäkäs leski, jolla oli vankka luusto.
Una estatura que la ayudó a sobrevivir a su difícil vida.
Asema, joka auttoi häntä selviytymään vaikeasta elämästä.
Ella no sentía ninguna aversión real hacia la apariencia de Gregor.

Hänellä ei ollut mitään todellista vastenmielisyyttä Gregorin
ulkonäköä kohtaan.
**Ella había abierto accidentalmente la puerta de la habitación
de Gregor.**
Hän oli vahingossa avannut Gregorin huoneen oven.
**No fue por ninguna curiosidad particular sobre la
habitación.**
Se ei johtunut mistään erityisestä uteliaisuudesta huonetta
kohtaan.
**Ella simplemente estaba haciendo su trabajo y por
casualidad abrió la puerta.**
Hän vain teki työtään ja sattui avaamaan oven.
**Gregor, por supuesto, quedó completamente sorprendido
por ella.**
Gregor oli tietenkin täysin yllättynyt hänestä.
No lo perseguían, sino que corría de un lado a otro.
Häntä ei ajettu takaa, mutta hän juoksi edestakaisin.
Y ella simplemente cruzó sus brazos y lo observó gatear.
Ja hän vain risti käsivartensa ja katseli hänen ryömivän.
Desde entonces ella siempre le abría un poquito la puerta.
Siitä lähtien hän on aina avannut ovea vähän hänelle.
Una mañana ella entró para ver cómo estaba.
Kerran aamulla hän kävi katsomassa, kuinka mies voi.
Y por la tarde ella fue a ver cómo estaba antes de irse.
Ja illalla hän kävi tarkistamassa hänen vointinsa ennen
lähtöään.
**Al principio ella también intentó llamarlo para que viniera
con ella.**
Aluksi hän myös yritti kutsua häntä tulemaan luokseen.
"¡Ven aquí, viejo escarabajo pelotero!", solía decir.
"Tule tänne, vanha lantakuoriainen!" hän tapasi sanoa.
**O ella dijo, "¡mira ese viejo escarabajo pelotero!",
amigablemente.**
Tai hän sanoi ystävällisesti: "Katsokaa vanhaa
lantakuoriaista!".
Gregor nunca reaccionó cuando le hablaron de esa manera.

Gregor ei koskaan reagoinut, kun hänelle puhuteltiin tuolla tavalla.

Él permaneció allí, sin moverse, y la ignoró.

Hän pysyi siinä, liikkumatta, eikä välittänyt hänestä.

"Si le hubieran dicho cómo hacer correctamente su trabajo."

"Jospa hänelle olisi kerrottu, miten työnsä tehdään oikein."

"En lugar de molestarme debería limpiar mi habitación."

"Sen sijaan, että hän häiritsisi minua, hänen pitäisi siivota huoneeni."

Una mañana temprano una fuerte lluvia golpeó las ventanas.

Kerran aikaisin aamulla rankka sade ropisi ikkunoihin.

Quizás la lluvia ya era una señal de la llegada de la primavera.

Ehkä sade oli jo merkki tulevasta keväästä.

La criada comenzó a hablarle de esa manera una vez más.

Palvelijatar alkoi taas puhua hänelle sillä tavalla.

Gregor estaba tan amargado que se giró para mirarla.

Gregor oli niin katkera, että hän kääntyi katsomaan häntä.

Era lento y débil, pero fue una especie de ataque.

Hän oli hidas ja heikko, mutta se oli eräänlainen hyökkäys.

La criada, sin embargo, no tenía ningún miedo de Gregor.

Palvelijatar ei kuitenkaan pelännyt Gregoria lainkaan.

En lugar de eso, levantó una silla que estaba cerca de la puerta.

Sen sijaan hän nosti oven lähellä olevan tuolin.

Y ella permaneció allí, tranquilamente, con la boca abierta.

Ja hän seisoi siinä rauhallisesti, suu ammollaan.

Sus intenciones eran claras, incluso Gregor podía verlo.

Hänen aikomuksensa olivat selvät, jopa Gregor näki sen.

Y se giró, lentamente, a su posición original.

Ja hän kääntyi hitaasti takaisin alkuperäiseen asentoonsa.

—Entonces no quieres acercarte más, ¿verdad?

"Joten et siis halua tulla lähemmäksi, vai mitä?"

Y silenciosamente volvió a poner la silla en la esquina.

Ja hän laski hiljaa tuolin takaisin nurkkaan.

Gregor ya casi no comía nada.

Gregor ei syönyt enää juuri mitään.
A veces, mientras caminaba por la habitación, se detenía.
Joskus hän pysähtyi kävellessään huoneessa ympäri.
Y se encontró junto a la comida preparada para él.
Ja hän huomasi olevansa hänelle valmistetun ruoan vierestä.
Se llevó la comida a la boca, pero sólo para jugar con ella.
Hän laittoi ruoan suuhunsa, mutta vain leikkiäkseen sillä.
Y muy a menudo lo escupía de nuevo al cabo de unas horas.
Ja usein hän sylki sen ulos uudelleen muutaman tunnin
kuluttua.
Trató de encontrar una razón para su falta de apetito.
Hän yritti löytää syytä ruokahaluttomuudelleen.
Quizás porque estaba triste por el estado de su habitación.
Ehkä siksi, että hän oli surullinen huoneensa kunnosta.
**Pero ya se había adaptado a los cambios que se producían en
la habitación.**
Mutta hän oli sopeutunut huoneen muutoksiin.
**Recientemente su habitación se había convertido en una
especie de almacén.**
Viime aikoina hänen huoneestaan oli tullut eräänlainen
varastotila.
Se habían acostumbrado a dejar las cosas allí.
He olivat tottuneet jättämään tavaroita sinne.
Y ahora quedaban muchas cosas así en su habitación.
Ja hänen huoneessaan oli nyt paljon sellaisia jäljellä.
Porque una habitación del apartamento estaba alquilada.
Koska yksi asunnon huoneista oli vuokrattu.
Tres caballeros serios alquilaban la habitación juntos.
Kolme tosissaan olevaa herrasmiestä vuokrasi huonetta
yhdessä.
Gregor los vio una vez a través de una rendija en la puerta.
Gregor huomasi heidät kerran oven raosta.
**Llevaban barbas pobladas y estaban vestidos
meticulosamente.**
Heillä oli täysparrat ja he olivat pukeutuneet huolellisesti.
Eran escrupulosos en mantener todo ordenado.
He olivat tunnollisia kaiken siisteyden pitämisessä.

Su insistencia en el orden no se limitaba a su habitación.

Heidän vaatimuksensa siisteydestä ei rajoittunut heidän
huoneeseensa.

**Todo el apartamento tenía que mantenerse perfectamente
limpio.**

Koko asunto piti pitää täydellisessä siistinä.

Eran aún más exigentes con el aspecto de la cocina.

He olivat vieläkin tarkempia keittiön ulkonäöstä.

Y no podían tolerar ningún desorden innecesario.

Eivätkä he kestäneet mitään tarpeetonta sotkua.

También habían traído consigo sus propios muebles.

He olivat myös tuoneet omat huonekalunsa mukanaan.

Por esta razón muchas cosas se habían vuelto superfluas.

Tästä syystä moni asia oli käynyt tarpeettomaksi.

Eran cosas por las que nadie pagaría dinero.

Ne olivat sellaisia, joista kukaan ei suostuisi maksamaan
rahaa.

Pero la familia tampoco quería deshacerse de estas cosas.

Mutta perhe ei halunnut myöskään hylätä näitä asioita.

Todas estas cosas fueron a parar a la habitación de Gregor.

Kaikki nämä tavarat menivät jonnekin Gregorin huoneeseen.

**El cajón de cenizas de la cocina ahora estaba guardado en su
habitación.**

Keittiön tuhkalaatikko oli nyt hänen huoneessaan.

**Y la basura se guardaba en su habitación hasta el día de la
basura.**

Ja roskat säilytettiin hänen huoneessaan roskapäivään asti.

La criada arrojó todo lo que no necesitaba en su habitación.

Palvelijatar heitti kaiken tarpeettoman miehen huoneeseen.

Afortunadamente no vio más que la mano y el objeto.

Onneksi hän ei nähnyt muuta kuin käden ja esineen.

**Probablemente tenía la intención de volver a buscar las
cosas más tarde.**

Hän luultavasti aikoi palata hakemaan tavaransa
myöhemmin.

O tal vez quería tirarlo todo de una vez.

Tai ehkä hän halusi heittää kaiken kerralla pois.

Sin embargo, todo permaneció donde había quedado al principio.

Kaikki kuitenkin pysyi siellä, missä se alun perin oli laskeutunut.

A menos que Gregor moviera la basura moviéndose a través de ella.

Ellei Gregor sitten siirtänyt romua luikertelemalla sen läpi.

Al principio se vio obligado a arrastrarse entre toda la basura.

Aluksi hänen oli pakko ryömiä kaiken romun läpi.

No tenía posibilidad de evitarlo.

Hänellä ei ollut mitään mahdollisuutta välttää sitä.

Pero más tarde realmente encontró placer en esta actividad.

Mutta myöhemmin hän itse asiassa löysi tästä toiminnasta nautintoa.

Aunque tal esfuerzo lo dejó triste y profundamente cansado.

Vaikka sellainen ponnistus teki hänet surulliseksi ja syvästi väsyneeksi.

Y después no pudo moverse durante muchas horas.

Ja sen jälkeen hän ei pystynyt liikkumaan moneen tuntiin.

Los inquilinos a veces comían en la sala de estar.

Vuokralaiset söivät joskus ateriansa olohuoneessa.

La puerta del salón permanecía cerrada esas noches.

Olohuoneen ovi pysyi kiinni noina iltoina.

Pero a Gregor no le resultó difícil no abrir la puerta.

Mutta Gregorilla ei ollut nyt vaikeuksia olla avaamatta ovea.

Incluso cuando la puerta estaba abierta, no siempre miraba hacia afuera.

Vaikka ovi oli auki, hän ei aina katsonut ulos.

Pero él se acostó en el rincón más oscuro de la habitación.

Mutta hän asettui huoneen pimeimpään nurkkaan.

La familia tampoco notó su falta de atención.

Perhe ei myöskään huomannut hänen välinpitämättömyyttään.

Pero hubo una vez que la criada dejó la puerta abierta.

Mutta kerran piika jätti oven auki.

La puerta permaneció abierta incluso cuando los inquilinos regresaron.
Ovi pysyi auki, vaikka vuokralaiset palasivat.
Y la puerta estaba abierta cuando se encendió la luz.
Ja ovi oli auki, kun valot syttyivät.
El hombre se sentó a la mesa donde la familia cenaba.
Mies istui pöydässä, jossa perhe söi päivällistä.
Allí se sentaron en el pasado el padre, la madre y Gregor.
Isä, äiti ja Gregor istuivat siellä ennen vanhaan.
Desplegaron las servilletas y cogieron cuchillos y tenedores.
He avasivat lautasliinat ja ottivat veitset ja haarukat.
La madre apareció en la puerta con un plato de carne.
Äiti ilmestyi oviaukkoon kulhollinen lihaa kädessään.
Entonces la hermana entró con un cuenco lleno de patatas.
Sitten sisko tuli sisään kulhollinen perunoita mukanaan.
Los inquilinos se inclinaron sobre los cuencos colocados delante de ellos.
Majatalon asukkaat kumartuivat eteensä asetettujen kulhojen yli.
El humo denso de la comida les llegaba hasta la nariz.
Ruoan raskas savu nousi heidän nenään asti.
Pero aún no habían decidido si comerían la comida.
Mutta he eivät olleet vielä päättäneet, söisivätkö he ruokaa.
Quizás enviarían la comida de vuelta a la cocina.
Ehkä he lähettäisivät ruoan takaisin keittiöön.
El hombre sentado en el medio parecía ser la autoridad.
Keskellä istuva mies näytti olevan auktoriteetti.
Cortó la carne para determinar si estaba lo suficientemente tierna.
Hän leikkasi lihan tarkistaakseen, oliko se tarpeeksi mureaa.
Estaba satisfecho con el olor y el aspecto de la comida.
Hän oli tyytyväinen ruoan tuoksuun ja ulkonäköön.
La madre y la hermana los observaban ansiosamente.
Äiti ja sisko olivat katselleet heitä huolestuneina.
Y empezaron a sonreír con un suspiro de alivio.
Ja he alkoivat hymyillä helpotuksen täyttämin huokauksin.
La propia familia iba a comer en la cocina.

Perhe itse aikoi syödä keittiössä.

Pero primero el padre fue a ver cómo estaban los inquilinos.

Mutta ensin isä meni tarkistamaan vuokralaisten voinnin.

Hizo una reverencia, sosteniendo en su mano su gorra de trabajo.

Hän kumarsi kerran pitäen työlakkiaan kädessään.

Y caminó en círculo alrededor de la mesa, hacia cada invitado.

Ja hän käveli ympyrän pöydän ympäri, jokaisen vieraan luo

Todos los inquilinos se pusieron de pie y murmuraron algo entre dientes.

Kaikki majailijat nousivat seisomaan ja mumisivat partaansa.

Después de que él se fue, comieron en un silencio casi absoluto.

Hänen lähdettyään he söivät lähes täydellisessä hiljaisuudessa.

A Gregor le pareció extraño que pudiera oír la masticación.

Gregorista tuntui oudolta, että hän kuuli pureskelua.

Ningún otro aspecto de la alimentación parecía emitir ningún sonido.

Mikään muu syömisen osa-alue ei tuntunut pitävän ääntä.

Pero podía oír claramente el rechinar de los dientes.

Mutta hän kuuli selvästi hampaiden narskuttelun.

Parecían decirle que necesitaba dientes para comer.

Ne näyttivät sanovan hänelle, että hän tarvitsi hampaita syömiseen.

"No puedes hacer nada si tus mandíbulas no tienen dientes".

"Et voi tehdä mitään, jos leukasi ovat hampaattomat."

"Me gustaría comer algo", dijo Gregor ansiosamente.

"Haluaisin syödä jotain", Gregor sanoi huolestuneena.

"Pero no tengo apetito para lo que están comiendo".

"Mutta minulla ei ole minkäänlaista ruokahalua sille, mitä te kaikki syötte."

"Mira cómo comen estos huéspedes y yo aquí muriéndome de hambre".

"Katsokaa, kuinka nämä vuokralaiset syövät, ja minä tässä näännyn nälkään."

Aquella noche Gregor pensó por casualidad en el violín.
Gregor sattui ajattelemaan viulua sinä iltana.
No había oído el violín desde la transformación.
Hän ei ollut kuullut viulua muodonmuutoksen jälkeen.
Pero entonces, esta noche, se oyó un ruido desde la cocina.
Mutta sitten, tänä iltana, keittiöstä kuului ääni.
Los caballeros ya habían terminado su cena.
Herrat olivat jo syöneet iltapalansa.
El caballero del medio había comenzado a leer un periódico.
Keskimmäinen herrasmies oli alkanut lukea sanomalehteä.
Les había dado a los otros dos caballeros una hoja a cada uno.
Hän oli antanut kahdelle muulle herrasmiehelle kullekin arkin.
Y ahora estaban recostados, leyendo y fumando.
Ja nyt he nojasivat taaksepäin ja lukivat ja polttivat.
Cuando el violín empezó a sonar, se pusieron atentos.
Kun viulu alkoi soida, heistä tuli tarkkaavaisia.
Se levantaron y caminaron de puntillas hacia la puerta de la antesala.
He nousivat seisomaan ja kävelivät varpaillaan eteisen ovelle.
Allí estaban, acurrucados juntos, escuchando desde la puerta.
Tässä he seisoivat yhdessä kyhmytensä ympäröimänä ja kuuntelivat ovensuussa.
La familia debió haber escuchado a los hombres desde la cocina.
Perheen on täytynyt kuulla miesten äänet keittiöstä.
Porque el padre los llamó y les preguntó;
Koska isä huusi heille ja kysyi heiltä;
¿Acaso el violín resulta incómodo para los caballeros?
"Onko viulu kenties epämukava herroille?"
"Si no te gusta la música podemos parar inmediatamente."
"Jos ette pidä musiikista, voimme lopettaa heti."
"Al contrario", dijo el centro de los caballeros.
"Päinvastoin", sanoi keskimmäinen herroista.

"¿Le gustaría a la señorita tocar el violín en nuestra habitación?"
"Haluaisiko nuori nainen soittaa viulua huoneessamme?"
"Definitivamente es mucho más cómodo y acogedor aquí".
"Täällä on ehdottomasti paljon mukavampaa ja viihtyisämpää."
El padre respondió como si fuera el propio violinista.
Isä vastasi aivan kuin olisi itse viulisti.
"Oh, por favor, eso sería maravilloso", exclamó el padre.
"Voi, se olisi ihanaa", isä huudahti.
Los caballeros regresaron a la sala de estar y esperaron.
Herrat palasivat olohuoneeseen ja odottivat.
Pronto el padre entró en la habitación con el atril.
Pian isä tuli huoneeseen nuottiteline kädessään.
La madre entró en la habitación con el libro de música.
Äiti tuli huoneeseen nuottikirja mukanaan.
Y la hermana entró en la habitación con el violín.
Ja sisko tuli huoneeseen viulu kädessään.
Ella preparó todo con calma para tocar el violín.
Hän valmisteli rauhallisesti kaiken viulunsoittoa varten.
Los padres exageraron su cortesía y modales.
Vanhemmat liioittelivat kohteliaisuuttaan ja käytöstapojaan.
Nunca antes habían alquilado habitaciones a huéspedes.
He eivät olleet koskaan aiemmin vuokranneet huoneita asukkaille.
Y ni siquiera se atrevieron a sentarse en sus propias sillas.
Eivätkä he uskaltaneet edes istua omille tuoleilleen.
En lugar de sentarse, el padre se apoyó contra la puerta.
Isän sijaan hän nojasi oveen.
Su mano derecha estaba entre dos botones de su abrigo.
Hänen oikea kätensä oli kahden takkinsa napin välissä.
Sin embargo, un caballero le ofreció una silla a la madre.
Äidille kuitenkin tarjosi tuolin eräs herrasmies.
Pero ella se sentó donde el caballero había colocado la silla.
Mutta hän istui siihen kohtaan, mihin herrasmies oli tuolin asettanut.
Y no había colocado la silla en ningún lugar determinado.

Eikä hän ollut sijoittanut tuolia mihinkään tiettyyn paikkaan.

Así que la madre se sentó apartada de todos, en un rincón.

Niinpä äiti istui erillään kaikista, nurkassa.

Y finalmente la hermana empezó a tocar el violín.

Ja lopulta sisko alkoi soittaa viulua.

Los padres, en lados opuestos, prestaron mucha atención.

Vastakkaisilla puolilla olevat vanhemmat seurasivat tilannetta tarkasti.

Y observaban atentamente cada movimiento de su mano.

Ja he tarkkailivat tarkasti jokaista hänen käden liikettä.

Gregor también se sentía atraído por la interpretación del violín.

Myös viulunsoitto kiehtoi Gregoria.

Y se aventuró a salir de su habitación un poco más lejos.

Ja hän uskaltautui ulos huoneestaan hieman pidemmälle.

Él ya estaba con la cabeza dentro de la sala.

Hän oli jo päänsä työntäneenä olohuoneeseen.

Solía enorgullecerse de ser muy considerado.

Hän oli aiemmin ylpeä siitä, että oli hyvin huomaavainen.

Pero últimamente casi no cuestiona su falta de cuidado.

Mutta viime aikoina hän tuskin kyseenalaisti välinpitämättömyyttään.

Aunque ahora tenía más motivos para esconderse que antes.

Vaikka hänellä oli nyt enemmän syytä piiloutua kuin ennen.

Porque su habitación estaba cubierta de polvo y suciedad diversa.

Koska hänen huoneensa oli täynnä pölyä ja erilaista likaa.

El más leve movimiento levantaba todo tipo de suciedad.

Pieninkin liike pyöritti ilmaan kaikenlaista roskaa.

Toda esa suciedad se le pegó: polvo, pelo, restos de comida.

Kaikki tämä lika tarttui häneen; pöly, hiukset, ruoantähteet.

Podría haber frotado la suciedad contra la alfombra.

Hän olisi voinut hieroa lian pois mattoa vasten.

Esto era algo que solía hacer varias veces al día.

Tätä hän teki useita kertoja päivässä.

Pero su indiferencia hacia todo era demasiado grande.

Mutta hänen välinpitämättömyytensä kaikkea kohtaan oli
aivan liian suurta.
Así que no tuvo miedo de avanzar un poco más.
Niinpä hän ei pelännyt edetä hieman pidemmälle.
Y se trasladó al inmaculado suelo de la sala de estar.
Ja hän siirtyi olohuoneen moitteettomalle lattialle.
Sin embargo, nadie se dio cuenta ni le prestó atención.
Kukaan ei kuitenkaan huomannut häntä, eikä kukaan
kiinnittänyt häneen huomiota.
La familia estaba completamente absorta en el concierto.
Perhe oli täysin uppoutunut konserttiin.
Los caballeros, por el contrario, inicialmente se retiraron.
Herrat taas aluksi perääntyivät.
Y se quedaron cerca, detrás del atril de la hermana.
Ja he seisoivat aivan sisaren nuottitelineen takana.
Si hubieran mirado habrían podido ver las notas musicales.
Jos he olisivat katsoneet, he olisivat voineet nähdä nuotit.
Esto, por supuesto, habría perturbado a la hermana.
Tämä olisi tietenkin häirinnyt siskoa.
**Luego se quedaron de pie junto a la ventana, en lugar de
sentarse.**
Sitten he seisoivat ikkunan vieressä istumisen sijaan.
Con las manos en los bolsillos seguían hablando.
Kädet taskuissa he jatkoivat puhumista.
**Permanecieron allí mientras el padre observaba
ansiosamente.**
He pysyivät siellä isän katsellessa levottomana.
Uno tenía la impresión de que tenían otras expectativas.
Joku sai sellaisen vaikutelman, että heillä oli muita odotuksia.
Y realmente parecía como si se hubieran decepcionado.
Ja he todellakin näyttivät pettyneiltä.
Parecía que ya estaban hartos de la actuación.
Vaikutti siltä, että heillä oli esitys tarpeeksi.
Habían permitido que el violín perturbara su paz.
He olivat antaneet viulun häiritä rauhaansa.
Y sólo toleraban la música por cortesía.
Ja he sietivät musiikkia vain kohteliaisuudesta.

Lo que más me desconcertó fue cómo expulsaron el humo.

Se, miten he puhalsivat savun pois, oli erityisen hermoja
raastavaa.

Y aún así, tocaba el violín maravillosamente.

Ja silti hän soitti viulua niin kauniisti.

**Su rostro estaba inclinado suavemente hacia un lado, sobre
el violín.**

Hänen kasvonsa olivat kevyesti kallistuneet sivulle, viulun
tahtiin.

Sus ojos buscaban con tristeza las líneas musicales.

Hänen silmänsä tutkivat surullisesti nuottiviivoja.

Gregor se sintió atraído un poco más hacia la sala de estar.

Gregor tunsi tulevansa vedetyksi hieman syvemmälle
olohuoneeseen.

Mantuvo la cabeza cerca del suelo, pero miró hacia arriba.

Hän piti päänsä lähellä maata, mutta katsoi ylöspäin.

**Tal vez de esta manera la mirada de su hermana podría
encontrarse con la suya.**

Ehkä tällä tavoin hänen sisarensa katse kohtaisi hänen
silmänsä.

¿Puede realmente decirse que era sólo un animal?

Voidaanko todella sanoa, että hän oli vain eläin?

¿Era un animal si la música podía cautivarlo tanto?

Oliko hän eläin, jos musiikki kykeni lumoamaan hänet niin
paljon?

**Sintió como si le mostraran un camino hacia una
alimentación desconocida.**

Hänestä tuntui kuin hänelle olisi näytetty tie tuntemattomaan
ravintoon.

Quizás éste era el sustento que le faltaba.

Ehkä tämä oli se ravinto, jota hän kaipasi.

Estaba decidido a dirigirse hacia su hermana.

Hän oli päättänyt lähteä sisarensa luo.

Quería tirar de su falda para llamar su atención.

Hän halusi nykäistä hänen hamettaan saadakseen tämän
huomion.

Quería darle una indicación de una invitación.

Hän halusi antaa naiselle viitteen kutsusta.
"Ven a tocar el violín en mi habitación", quiso decir.
"Tule soittamaan viulua huoneeseeni", hän halusi sanoa.
Él quería que ella fuera recompensada por su hermosa música.
Hän halusi, että hänet palkittaisiin hänen kauniista musiikistaan.
"Aquí nadie te recompensa por tocar el violín".
"Kukaan täällä ei palkitse sinua viulunsoitosta."
Él ya no quería dejarla salir de su habitación.
Hän ei halunnut enää päästää naista ulos huoneestaan.
Él quería que ella permaneciera con él mientras viviera.
Hän halusi naisen pysyvän hänen luonaan niin kauan kuin hän eli.
Por primera vez su transformación tuvo un beneficio.
Ensimmäistä kertaa hänen muodonmuutoksestaan oli hyötyä.
Su deformidad finalmente iba a serle útil.
Hänen epämuodostumastaan tulisi vihdoin hänelle hyödyllinen.
Quería estar en las cuatro puertas simultáneamente.
Hän halusi olla kaikilla neljällä ovella yhtä aikaa.
Quería silbarles y escupirles desde todos los ángulos.
Hän halusi sihistää ja sylkeä heitä kohti joka kulmasta.
Su hermana no debería verse obligada a quedarse con él.
Hänen siskoaan ei pitäisi pakottaa jäämään hänen luokseen.
Él quería que ella eligiera quedarse con él voluntariamente.
Hän halusi naisen jäävän hänen luokseen vapaaehtoisesti.
Ella iba a sentarse a su lado e inclinarse hacia él.
Hän aikoi istua hänen viereensä ja kumartua häntä kohti.
Y le iba a contar sobre la escuela de música.
Ja hän aikoi kertoa hänelle musiikkikoulusta.
Tenía la firme intención de enviarla a la academia.
Hänellä oli vakaa aikomus lähettää hänet akatemiaan.
Se lo habría contado a todo el mundo la pasada Navidad.
Hän olisi kertonut tästä kaikille viime jouluna.
¿Ya había llegado y pasado realmente la Navidad?
Oliko joulu todellakin taas tullut ja mennyt?

Y no habría dejado que nadie le disuadiera de ello.
Eikä hän olisi antanut kenenkään estää itseään tekemästä niin.
Pero entonces el desafortunado accidente lo detuvo todo.
Mutta sitten valitettava onnettomuus pysäytti kaiken.
La hermana se habría sentido abrumada por la emoción.
Sisko olisi varmasti liikuttunut.
Y entonces Gregor se habría subido hasta su hombro.
Ja sitten Gregor olisi kiivennyt hänen olkapäälleen.
Y la habría consolado besándole el cuello.
Ja hän olisi lohduttanut häntä suukottamalla hänen kaulaansa.
—¡Señor Samsa! —gritó el hombre del medio al padre.
"Herra Samsa!" keskellä oleva mies huusi isälle.
Señalaba con su dedo índice hacia Gregor.
Hän osoitti etusormellaan Gregoria alaspäin.
Gregor se movía lentamente por el suelo de la sala de estar.
Gregor liikkui hitaasti olohuoneen lattiaa pitkin.
El sonido del violín se silenció muy rápidamente.
Viulunsoitto hiljeni hyvin nopeasti.
El del medio de los tres hombres sonrió a sus amigos.
Keskimmäinen kolmesta miehestä hymyili ystävilleen.
Luego meneó la cabeza y volvió a mirar a Gregor.
Sitten hän pudisti päätään ja katsoi takaisin Gregoriin.
El padre podría haber obligado a Gregor a regresar a su habitación.
Isä olisi voinut pakottaa Gregorin takaisin huoneeseensa.
Pero esa no fue la primera acción que decidió tomar.
Mutta se ei ollut ensimmäinen päätös, jonka hän teki.
Pensó que era más importante calmar a los caballeros.
Hänestä oli tärkeämpää rauhoittaa herrasmiehiä.
Aunque en realidad no estaban molestos en absoluto por Gregor.
Vaikka Gregor ei heitä oikeastaan lainkaan järkyttänyt.
Gregor parecía más entretenido que tocar el violín.
Gregor vaikutti viihdyttävämmältä kuin viulunsoitto.
Corrió hacia ellos con los brazos extendidos.
Hän ryntäsi heidän luokseen kädet ojennettuina.

Estaba intentando hacer lo mejor que podía para ocultar su visión de Gregor.
Hän yritti parhaansa mukaan peittää heidän näkökulmansa Gregoriin.
Y trató de animarlos a regresar a su habitación.
Ja hän yritti rohkaista heitä takaisin huoneeseensa.
En realidad, esto los hizo enfadar un poco.
Jos mikään, tämä oikeastaan ärsytti heitä hieman.
Pero era difícil decir exactamente qué les molestaba.
Mutta oli vaikea sanoa, mikä heitä tarkalleen ottaen ärsytti.
El padre estaba arruinando la diversión de la noche.
Isä pilasi illanvieton.
Pero también acababan de enterarse de su nuevo compañero de piso.
Mutta he olivat myös juuri kuulleet uudesta kämppiksestään.
Levantaron las manos tal como lo había hecho el padre.
He nostivat kätensä aivan kuten isä oli tehnyt.
Exigieron una explicación inmediata al padre.
He vaativat isältä välitöntä selitystä.
Se tiraron inquietos de la barba esperando una respuesta.
He nykivät levottomasti partaansa vastausta odottaen.
Y retrocedieron hasta su habitación, pero muy lentamente.
Ja he liikkuivat takaperin huoneeseensa, mutta hyvin hitaasti.
La interrupción había dejado a la hermana en trance.
Keskeytys oli saattanut sisaren transsiin.
Dejó que el violín y el arco colgaran a su lado.
Hän antoi viulun ja jousen roikkua vierellään.
Y ella miraba la partitura como si todavía estuviera tocando.
Ja hän katsoi nuotteja aivan kuin ne soittaisivat yhä.
Pero de repente ella regresó a la habitación.
Mutta sitten hän yhtäkkiä veti itsensä takaisin huoneeseen.
Y ahora había superado el sentimiento de estar perdida.
Ja hän oli nyt voittanut eksyneisyyden tunteen.
Ella colocó el instrumento musical en el regazo de su madre.
Hän laski soittimen äitinsä syliin.
La madre estaba sentada en la silla, respirando con dificultad.

Äiti istui tuolissa ja hengitti raskaasti.

Y entonces la hermana tuvo que correr a la habitación de al lado.

Ja sitten siskon täytyi juosta seuraavaan huoneeseen.

Tenía que dejar todo listo para los caballeros.

Hänen täytyi saada kaikki valmiiksi herrasmiehiä varten.

Ella arrojó las mantas y los cojines al aire.

Hän heitti peitot ja tyynyt ilmaan.

Y con sus manos expertas dispuso toda la ropa de cama.

Ja taitavilla käsillään hän järjesti kaikki vuodevaatteet.

Terminó antes de que los caballeros llegaran a la habitación.

Hän oli valmis ennen kuin herrat ehtivät huoneeseen.

Y ella se escabulló antes de interponerse en su camino.

Ja hän livahti ulos ennen kuin osui heidän tielleen.

El padre parecía estar dominado por su propia terquedad.

Isä näytti olevan oman itsepäisyytensä lumoissa.

Y así olvidó todo respeto que debía a sus inquilinos.

Ja niin hän unohti kaiken kunnioituksen, jonka hän oli velkaa vuokralaisilleen.

Empujó y empujó hasta que su portavoz se opuso.

Hän painosti ja painosti, kunnes heidän edustajansa vastusti.

Al llegar a la puerta, dio una patada furiosa.

Hän polki vihaisesti jalkaansa päästyään ovelle.

Y con esto logró detener al padre.

Ja siten hän pysäytti isän.

"Por la presente declaro", comenzó dirigiéndose a su propietario.

"Julistan täten", hän alkoi puhutella isäntäänsä.

Y levantó la mano, mirando a toda la familia.

Ja hän nosti kätensä katsoen koko perhettä.

"En cuanto a las repugnantes condiciones de la habitación;"

"Mitä tulee huoneen vastenmielisiin olosuhteisiin;"

Y se aseguró de que todos escucharan sus palabras.

Ja hän varmisti, että kaikki kuuntelivat hänen sanojaan.

"Por la presente, le comunico que desocuparé mi habitación".

"Ilmoitan täten, että luovutan huoneeni."

Y reiteró su punto escupiendo en el suelo.

Ja hän jatkoi väitteensä esittämistä sylkemällä maahan.
"Tampoco pagaré por los días que he vivido aquí."
"Enkä aio maksaa niistä päivistä, jotka olen täällä asunut."
Sin embargo, no estaba completamente satisfecho con este reembolso.
Hän ei kuitenkaan ollut täysin tyytyväinen tähän hyvitykseen.
"Y consideraré hacer otras demandas contra usted."
"Ja harkitsen muiden vaatimusten esittämistä sinua vastaan."
Créeme, tales exigencias serán muy fáciles de justificar.
"Uskokaa minua, tällaiset vaatimukset on hyvin helppo perustella."
Él permaneció en silencio y miró directamente al padre.
Hän oli hiljaa ja katsoi suoraan eteenpäin isään.
Parecía estar esperando que sucediera algo más.
Hän näytti odottavan, että tapahtuisi jotain enemmän.
De hecho, sus dos amigos inmediatamente tuvieron la misma idea.
Itse asiassa hänen kahdella ystävällään oli heti sama ajatus.
"También estamos cancelando nuestras habitaciones", dijeron al unísono.
"Mekin peruutamme huoneemme", he sanoivat yhteen ääneen.
Luego agarró la manija de la puerta y cerró la puerta.
Sitten hän tarttui ovenkahvaan ja sulki oven.
Y con un fuerte estruendo se encerraron en su habitación.
Ja kovan pamauksen saattelemana he sulkivat itsensä huoneeseensa.
El padre se tambaleó hasta su silla con manos torpes.
Isä horjahti tuolilleen kädet hapuillen.
Y se dejó caer en la silla, derrotado.
Ja hän antoi itsensä pudota tuoliin, lyötynä.
Parecía como si fuera a echar su siesta vespertina habitual.
Näytti siltä kuin hän olisi menossa tavalliselle iltapäiväunilleen.
Pero su cabeza asintió casi como si no tuviera apoyo.
Mutta hänen päänsä nyökkäsi melkein kuin sitä ei olisi tuettu.
Y se podía ver que no estaba durmiendo en absoluto.

Ja näkyi, ettei hän nukkunut ollenkaan.

Durante todo este tiempo Gregor no se había movido de su sitio.

Koko tämän ajan Gregor ei ollut liikkunut paikaltaan.

Todavía estaba donde los caballeros lo habían visto por primera vez.

Hän oli yhä siinä paikassa, missä herrat olivat hänet ensi kertaa nähneet.

Incluso si hubiera querido moverse, le resultó imposible.

Vaikka hän olisi halunnutkin liikkua, hän huomasi sen olevan mahdotonta.

Por su decepción, o por su hambre.

Pettymyksensä tai nälkensä vuoksi.

Estaba decepcionado por el fracaso de su plan.

Hän oli pettynyt suunnitelmansa epäonnistumiseen.

Y estaba débil por el hambre prolongada que sentía.

Ja hän oli heikko pitkittyneestä nälän tunteestaan.

Estaba seguro de que en cualquier momento todos se volverían contra él.

Hän oli varma, että kaikki kääntyisivät häntä vastaan minä hetkenä hyvänsä.

Con esta expectativa de colapso inminente, esperó.

Tämän välittömän romahduksen odotuksen vallassa hän odotti.

El violín empezó a deslizarse del regazo de la madre.

Viulu alkoi valua äidin sylistä.

Con un sonido resonante el violín cayó al suelo.

Kovaan ääneen viulu putosi maahan.

Pero ni siquiera ese repentino ruido estrepitoso lo sobresaltó.

Mutta edes tämä äkillinen jyrähdys ei säikäyttänyt häntä.

«Queridos padres», dijo la hermana, «esto no puede continuar».

"Rakkaat vanhemmat", sisar sanoi, "tämä ei voi jatkua."

Y golpeó la mesa con la mano para dejar claro su punto.

Ja hän löi kädellään pöytää perustellakseen näkemyksensä.

"No diré el nombre de mi hermano delante de este monstruo".

"En aio lausua veljeni nimeä tämän hirviön edessä."

"Por eso lo digo lo más claramente posible:"

"Siksi sanon tämän niin suoraan kuin mahdollista:"

"No tenemos otra opción que deshacernos de este animal".

"Meillä ei ole muuta vaihtoehtoa kuin hankkiutua eroon tästä eläimestä."

"Hicimos lo mejor que pudimos para tolerar y cuidar a este animal".

"Teimme parhaamme suojellaksemme ja hoitaaksemme tätä eläintä."

"No creo que nadie pueda culparnos en lo más mínimo".

"En usko, että kukaan voi syyttää meitä mistään."

"Tiene mil veces razón", asintió el padre.

"Hän on tuhat kertaa oikeassa", myönsi isä.

La madre aún no había recuperado del todo el aliento.

Äiti ei ollut vieläkään saanut täysin henkeä.

Ella empezó a toser sordamente en su mano, respirando con dificultad.

Hän alkoi yskiä vaisusti käteensä, hengittäen raskaasti.

Y una expresión de locura comenzó a surgir en sus ojos.

Ja hänen silmiinsä alkoi ilmestyä hullu ilme.

La hermana corrió hacia su madre y le sujetó la frente.

Sisko kiiruhti äitinsä luo ja piteli otsaansa.

El padre pareció inspirarse en las palabras de la hermana.

Isä näytti inspiroituvan siskon sanoista.

Y sus pensamientos parecían ser más claros que antes.

Ja hänen ajatuksensa tuntuivat olevan selkeämpiä kuin ennen.

Dejó de asentir con la cabeza y volvió a sentarse derecho.

Hän lakkasi nyökyttelemästä ja nousi taas istumaan.

Y jugaba con la gorra de sirviente, sumido en sus pensamientos.

Ja hän leikki palvelijansa hatulla, syvissä mietteissä.

Los platos de los inquilinos todavía estaban sobre la mesa.

Vuokralaisten lautaset olivat yhä pöydällä.

Y a veces miraba hacia el silencioso Gregor.

Ja hän katsoi joskus hiljaista Gregoria kohti.

"Tenemos que intentar deshacernos de él", le dijo la hermana.

"Meidän täytyy yrittää päästä siitä eroon", sisko sanoi hänelle.

La madre estaba demasiado ocupada tosiendo como para escuchar.

Äiti oli liian kiireinen yskimisen kanssa kuunnellakseen.

"Los matará a ambos, ya lo veo venir."

"Se tappaa teidät molemmat, näen sen jo tulevan."

"No podemos seguir trabajando tan duro como lo hacemos todos."

"Emme kaikki voi jatkaa työntekoa yhtä kovasti kuin tähänkin asti."

"Y cada día tenemos que volver a casa y encontrarnos con esta tortura."

"Ja joka päivä meidän on palattava kotiin kokemaan tätä kidutusta."

"No podemos soportarlo más. No puedo soportarlo."

"Emme kestä tätä enää. Minä en kestä tätä."

Ella cayó ante su madre en un último estallido de lágrimas.

Hän lankesi äitinsä luo viimeisessä kyynelepurkauksessa.

Las lágrimas cayeron por su rostro y sobre el de su madre.

Kyyneleet valuivat hänen kasvojaan pitkin ja äidin kasvoille.

Y se secó las lágrimas con un movimiento mecánico.

Ja hän pyyhki kyyneleet pois mekaanisella liikkeellä.

"Hijo mío", dijo el padre con voz compasiva.

"Lapseni", sanoi isä myötätuntoisella äänellä.

Había profunda simpatía y comprensión en su voz.

Hänen äänessään oli syvää myötätuntoa ja ymmärrystä.

«Pero ¿qué debemos hacer?», confesó no saberlo.

"Mutta mitä meidän pitäisi tehdä?" hän tunnusti tietämättömänä.

La hermana simplemente se encogió de hombros con impotencia.

Sisko vain kohautti olkapäitään avuttomana.

Y su confianza anterior fue reemplazada nuevamente por lágrimas.

Ja hänen aiempi itseluottamuksensa vaihtui jälleen kyyneliin.
«Si nos entendiera», dijo el padre en voz alta.
"Jospa hän vain ymmärtäisi meitä", sanoi isä ääneen.
Y se preguntó si tal vez Gregor entendía.
Ja hän puoliksi kyseenalaisti, ymmärsikö Gregor kenties.
La hermana simplemente sacudió su mano violentamente mientras lloraba.
Sisko vain kätteli häntä rajusti itkien.
Y entonces ella señaló que no se debía pensar en esa idea.
Ja niin hän antoi ymmärtää, ettei ajatusta kannata edes ajatella.
«¡Si nos comprendiera!», repitió el padre.
"Mutta jospa hän vain ymmärtäisi meitä", toisti isä.
Cerrando los ojos consideró la respuesta de la hermana.
Sulkemalla silmänsä hän mietti sisaren vastausta.
"Si lo entendiera se podría llegar a un acuerdo con él."
"Jos hän ymmärtäisi, hänen kanssaan voitaisiin tehdä sopimus."
"Pero estando las cosas como están..."
"Mutta kun asiat ovat niin kuin ne ovat..."
"Tiene que irse", gritó la hermana, "es la única manera".
"Sen täytyy mennä", huudahti sisar, "se on ainoa tie."
"Tienes que deshacerte de la idea de que es Gregor".
"Sinun täytyy päästä eroon ajatuksesta, että se on Gregor."
"Que lo hayamos creído durante tanto tiempo es nuestra verdadera desgracia."
"Se, että uskoimme siihen niin kauan, on todellinen onnettomuutemme."
«¿Pero cómo puede ser Gregor?», le preguntó a su padre.
"Mutta kuinka se voi olla Gregor?" hän kysyi isältään.
"Sabía que un animal así no podía coexistir con los humanos".
"Hän tiesi, että tuollainen eläin ei voi elää ihmisten kanssa."
Gregor nos habría abandonado hace mucho tiempo, voluntariamente.
"Gregor olisi jättänyt meidät jo kauan sitten, vapaaehtoisesti."
"Es cierto, entonces no tendríamos ningún hermano."
"Totta, meillä ei silloin olisi veljeä."

"Pero podríamos seguir viviendo y honrar su memoria".
"Mutta me voisimme jatkaa elämää ja kunnioittaa hänen
muistoaan."
"Pero esta bestia nos persigue y ahuyenta a nuestros
labradores."
"Mutta tämä peto jahtaa meitä ja ajaa pois vuokralaisemme."
"Es evidente que quiere apoderarse de todo el apartamento".
"Se selvästikin haluaa vallata koko asunnon."
"Esta bestia quiere hacernos dormir en la calle."
"Tämä peto haluaa meidät nukkumaan kadulla."
«Mira, padre», gritó de repente, «¡se mueve otra vez!»
"Katso, isä", hän huudahti yhtäkkiä, "hän liikkuu taas!"
E hizo algo que ni siquiera Gregor pudo entender.
Ja hän teki asian, jota edes Gregor ei ymmärtänyt.
Ella se apartó, como sacrificando a la madre.
Hän työnsi itsensä pois, ikään kuin uhratakseen äitinsä.
Y ella corrió detrás de su padre buscando algún tipo de
seguridad.
Ja hän juoksi isänsä perässä jonkinlaiseen turvaan.
El padre estaba agitado únicamente porque su hija lo estaba.
Isä oli hermostunut vain siksi, että hänen tyttärensä oli.
Pero entonces él también se levantó y levantó los brazos
sobre ella.
Mutta sitten hänkin nousi seisomaan ja kohotti kätensä hänen
ylleen.
Pero Gregor no tenía intención de asustar a nadie.
Mutta Gregorilla ei ollut aikomustakaan pelotella ketään.
Sobre todo no pensó en asustar a su hermana.
Hänellä ei varsinkaan ollut ajatuksia pelotella siskoaan.
Él sólo estaba intentando regresar a su habitación.
Hän yritti vain kääntyä takaisin huonettaan päin.
Pero dado que su estado estaba empeorando, incluso esto era
difícil.
Mutta hänen pahenevassa kunnossaan tämäkin oli vaikeaa.
Y ya no tenía pleno uso de todas sus piernas.
Eikä hän enää pystynyt käyttämään kaikkia jalkojaan täysin.
Entonces usó su cabeza para levantar su cuerpo y girar.

Niinpä hän käytti päätään nostaakseen vartaloaan ja
kääntyäkseen.

**Hizo una pausa y miró a su alrededor esperando la
aprobación de la familia.**

Hän pysähtyi ja katseli ympärilleen perheen hyväksyntää
odottaen.

Su buena intención parecía haber sido reconocida.

Hänen hyvä aikomus näytti tulleen ymmärretyksi.

**Su movimiento sólo había sido un shock momentáneo para
ellos.**

Hänen liikkeensä oli ollut heille vain hetkellinen järkytys.

Ahora todos lo miraban en un silencio infeliz.

Nyt he kaikki katsoivat häntä onnettoman hiljaisuuden
vallassa.

La madre seguía tumbada en el sillón, exhausta.

Äiti makasi yhä nojatuolissa uupuneena.

El padre y la hermana estaban sentados uno al lado del otro.

Isä ja sisko istuivat vierekkäin.

«Quizás ahora me dejen dar la vuelta», pensó Gregor.

"Ehkä he nyt antavat minun kääntyä", ajatteli Gregor.

Y continuó haciendo su torpe movimiento de giro.

Ja hän jatkoi kömpelöä kääntymisliikettään.

No podía reprimir los jadeos ocasionales de esfuerzo.

Hän ei pystynyt tukahduttamaan satunnaisia rasituksen
aiheuttamia henkäyksiä.

**Y se vio obligado a descansar un par de veces entre uno y
otro.**

Ja hänen täytyi levätä pari kertaa välissä.

**Ya nadie le obligaba a apresurarse; la decisión estaba en sus
manos.**

Kukaan ei pakottanut häntä nyt kiirehtimään; se oli hänen
päätettävissään.

Al final completó el giro lento y doloroso.

Lopulta hän suoritti hitaan ja tuskallisen käännöksen.

**Inmediatamente comenzó a caminar directamente de regreso
a su habitación.**

Hän alkoi heti kävellä suoraan takaisin huoneeseensa.

Se sorprendió de lo lejos que estaba de su habitación.
Hän oli hämmästynyt siitä, kuinka kaukana hän oli
huoneestaan.
¿Cómo, a pesar de su debilidad, había llegado allí antes?
Kuinka hän oli heikkoudestaan huolimatta päässyt sinne
aiemmin?
Había recorrido casi el mismo camino sin darse cuenta.
Hän oli kulkenut lähes samaa reittiä huomaamattaan.
Ahora él sólo se concentró en gatear tan rápido como podía.
Hän keskittyi vain ryömimään niin nopeasti kuin nyt pystyi.
La falta de comentarios por parte de alguien no le inquietó.
Kenenkään kommenttien puuttuminen ei häntä häirinnyt.
Sólo cuando ya estaba en la puerta giró la cabeza.
Vasta ovella hän käänsi päätään.
**Pero no pudo darse la vuelta para mirar hacia atrás por
completo.**
Mutta hän ei pystynyt kääntymään katsoakseen kokonaan
taakseen.
**Porque sintió que su cuello se ponía aún más rígido al
girarse.**
Koska hän tunsi niskansa jäykistyvän entisestään
kääntyessään.
**Pero vio que de todas formas nada había cambiado detrás de
él.**
Mutta hän näki, ettei mikään ollut muuttunut hänen takanaan
kuitenkaan.
La única diferencia fue que su hermana se puso de pie.
Ainoa ero oli, että hänen sisarensa oli noussut seisomaan.
**Su última mirada mostró que su madre se había quedado
dormida.**
Viimeinen vilkaisu osoitti, että hänen äitinsä oli nukahtanut.
**Tan pronto como estuvo dentro de su habitación la puerta se
cerró.**
Heti kun hän oli huoneessaan, ovi sulkeutui.
**Y tan pronto como la puerta se cerró, el cerrojo quedó
bloqueado.**
Ja heti kun ovi suljettiin, lukko lukittiin.

Gregor se asustó por el ruido inesperado que se oía detrás.
Gregor pelästyi takaa kuuluvaa odottamatonta ääntä.
Y sus piernas se doblaron bajo él por la repentina sorpresa.
Ja hänen jalkansa pettivät alta äkillisestä yllätyksestä.
Fue la hermana quien corrió hacia la puerta detrás de él.
Se oli sisar, joka oli ryntäsi ovelle hänen takanaan.
Ella ya se encontraba allí de pie, esperándolo.
Hän oli jo seissyt siinä suorassa ja odottanut häntä.
Luego saltó hacia delante ligeramente sin que Gregor la oyera.
Sitten hän hyppäsi kevyesti eteenpäin Gregorin kuulematta.
"¡Por fin!" gritó en voz alta mientras giraba la llave.
"Vihdoinkin!" hän huusi ääneen kääntäessään avainta.
"¿Y ahora qué?", se preguntó Gregor, solo en la oscuridad.
"Mitä nyt?", Gregor kysyi itseltään yksin pimeässä.
Pronto descubrió que ya no podía moverse en absoluto.
Pian hän huomasi, ettei pystynyt enää liikkumaan ollenkaan.
Pero no le sorprendió realmente su inmovilidad.
Mutta liikkumattomuutensa ei oikeastaan yllättänyt häntä.
Poder moverse con piernas tan delgadas parecía ridículo.
Liikkuminen noin ohuilla jaloilla tuntui naurettavalta.
No sabía cómo había sido capaz de hacerlo.
Hän ei tiennyt, miten hän oli koskaan pystynyt siihen.
Pero aparte de eso se sentía relativamente cómodo.
Mutta muuten hän tunsi olonsa suhteellisen mukavaksi.
Es cierto que sentía un dolor profundo en todo el cuerpo.
On totta, että hän tunsi syvää kipua koko kehossaan.
Pero el dolor parecía hacerse cada vez más débil.
Mutta kipu tuntui heikkenevän ja heikkenevän.
Y sintió que el dolor eventualmente desaparecería.
Ja hänestä tuntui, että kipu lopulta katoaisi.
Ya casi no sentía la manzana podrida en su espalda.
Hän tuskin tunsi enää mätää omenaa selässään.
Pensó en su familia con emoción y amor.
Hän muisteli perhettään liikuttuneina ja rakkaudella.
Sintió las emociones de su hermana incluso más que ella misma.

Hän tunsi siskonsa tunteet jopa enemmän kuin tämä oli
aiemmin.
Ella tenía razón en lo que había dicho: él tenía que irse.
Hän oli oikeassa siinä, mitä oli sanonut; miehen oli lähdettävä.
Pasó algún tiempo en ese estado vacío y pacífico.
Hän vietti jonkin aikaa tässä tyhjässä ja rauhallisessa tilassa.
El reloj dio tres veces, silenciosamente, pero con firmeza.
Kello löi kolme kertaa, hiljaa mutta lujasti.
Gregor fue sacado suavemente de sus meditaciones.
Gregor herätettiin lempeästi mietteistään.
**Observó cómo la luz de la mañana entraba lentamente en su
habitación.**
Hän katseli aamunvalon hitaasti laskeutuvan huoneeseensa.
Entonces su cabeza se hundió por completo, sin su voluntad.
Sitten hänen päänsä vajosi kokonaan alas, tahtomattaan.
Y su último aliento fluyó débilmente de su nariz.
Ja hänen viimeinen henkäyksensä virtasi heikosti
sieraimistaan.

La criada entró en su habitación temprano en la mañana.
Palvelijatar tuli hänen huoneeseensa aikaisin aamulla.
No encontró nada inusual durante su corta visita habitual.
Hän ei löytänyt mitään epätavallista tavallisen lyhyen
vierailunsa aikana.
Con fuerza y prisa cerró de golpe todas las puertas.
Voimasta ja kiireestä hän paiskasi kaikki ovet kiinni.
No fue posible dormir tranquilo en todo el apartamento.
Koko asunnossa ei saanut nukuttua rauhassa.
Le habían pedido que evitara hacer esto por la mañana.
Häntä oli pyydetty välttämään tämän tekemistä aamulla.
Ella pensó que él yacía allí inmóvil a propósito.
Hän luuli hänen makaavan siinä tarkoituksella niin
liikkumattomana.
Quizás quería demostrarle que estaba ofendido.
Ehkä hän halusi näyttää hänelle, että oli loukkaantunut.
Ella confiaba en que él tenía todo tipo de inteligencia.
Hän luotti siihen, että hänellä oli kaikenlaista älykkyyttä.

Ella sostenía por casualidad la escoba larga en su mano.
Hän sattui pitämään pitkää luutaa kädessään.
Entonces, desde la puerta, intentó hacerle un poco de cosquillas a Gregor.
Niinpä hän yritti ovelta käsin kutitella Gregoria hieman.
Ella estaba un poco molesta porque él no respondió en absoluto.
Häntä vähän harmitti, ettei hän vastannut ollenkaan.
Así que esta vez lo empujó un poco más firmemente.
Niinpä hän painoi häntä tällä kertaa hieman lujemmin.
Cuando él no ofreció resistencia, ella lo miró más de cerca.
Kun hän ei osoittanut vastarintaa, nainen katsoi häntä tarkemmin.
Pronto se dio cuenta de lo que realmente le había sucedido a Gregor.
Pian hän tajusi, mitä Gregorille oli todella tapahtunut.
Abrió más los ojos y silbó para sí misma.
Hän avasi silmänsä leveämmälle ja vihelsi itsekseen.
Pero no perdió mucho tiempo antes de abrir la puerta.
Mutta hän ei tuhlannut paljoa aikaa ennen kuin avasi oven.
Y clamó a gran voz en la oscuridad:
Ja hän huusi kovalla äänellä pimeyteen:
"Ven a echarle un vistazo, ahí está, completamente muerto."
"Tule katsomaan, tuolla se makaa, aivan kuolleena."
Los dos padres estaban sentados erguidos en el lecho conyugal.
Kaksi vanhempaa istui suorana aviovuoteessaan.
Primero tuvieron que superar el impacto del ruido.
Ensin heidän täytyi selvitä melun aiheuttamasta järkytyksestä.
Pero poco a poco empezaron a comprender su mensaje.
Mutta sitten he alkoivat hitaasti ymmärtää hänen viestiään.
El señor y la señora Samsa saltaron cada uno de su lado de la cama.
Herra ja rouva Samsa hyppäsivät kumpikin omalta puoleltaan sängystä.
El señor Samsa se echó la gruesa manta sobre los hombros.
Herra Samsa heitti paksun peiton harteilleen.

Y la señora Samsa salió sin nada más que su camisón.

Ja rouva Samsa tuli ulos yllään vain yöpaita.

Y así entraron en la habitación de Gregor.

Ja niin he astuivat Gregorin huoneeseen.

Mientras tanto, la puerta de la sala de estar también se había abierto.

Samaan aikaan olohuoneen ovi oli myös avautunut.

Grete había dormido allí desde que los inquilinos se mudaron.

Grete oli nukkunut siellä siitä lähtien, kun vuokralaiset muuttivat sisään.

Estaba completamente vestida como si no hubiera dormido en absoluto.

Hän oli täysin pukeutunut, aivan kuin ei olisi nukkunut ollenkaan.

Su rostro pálido también parecía demostrar su falta de sueño.

Myös hänen kalpea kasvonsa näyttivät todistavan unenpuutteesta.

"¿Está muerto?" preguntó la señora Samsa, mirando a la criada.

"Onko hän kuollut?" kysyi rouva Samsa katsoen piikaa.

Ella podría haberlo confirmado mirándolo ella misma.

Hän olisi voinut varmistaa tämän katsomalla häntä itse.

"Creo que sí", dijo la criada cogiendo la escoba.

"Niin minä luulen", sanoi piika ja nosti luudan.

Y ella empujó su cuerpo muy lejos por el suelo.

Ja hän työnsi hänen ruumiinsa pitkälle lattiaa pitkin.

La señora Samsa hizo un movimiento como si quisiera detenerla.

Rouva Samsa liikahti aivan kuin haluaisi pysäyttää hänet.

Pero al final dejó que la criada llevara a Gregor de un lado a otro.

Mutta lopulta hän antoi palvelijan liu'uttaa Gregoria ympäriinsä.

—Bueno —dijo el señor Samsa—, por fin podemos dar gracias a Dios.

– No niin, sanoi herra Samsa, – vihdoinkin voimme kiittää
Jumalaa.
Hizo la señal de la cruz; cabeza, pecho, hombros.
Hän teki ristinmerkin; pää, rinta, hartiat.
Y las tres mujeres siguieron su ejemplo religioso.
Ja nuo kolme naista seurasivat hänen uskonnollista
esimerkkiään.
Grete, que no apartaba la vista del cadáver, dijo:
Grete, joka ei irrottanut katsettaan ruumiista, sanoi;
"Mira qué delgado estaba, hacía tanto tiempo que no comía."
"Katso kuinka laiha hän oli, hän ei ole syönyt niin pitkään
aikaan."
**"La comida que le dejaba cada mañana siempre estaba
intacta."**
"Ruoka, jonka jätin hänelle joka aamu, oli aina koskematonta."
**De hecho, el cuerpo de Gregor estaba completamente plano
y seco.**
Itse asiassa Gregorin ruumis oli täysin litteä ja kuiva.
Esto era más visible ahora que estaba en el suelo.
Tämä näkyi selvemmin nyt, kun hän oli maassa.
Porque su cuerpo ya no era levantado por sus piernas.
Koska hänen ruumistaan ei enää nostettu jalkojen varaan.
Y porque no había nada más que distrajera la vista.
Ja koska mikään muu ei häirinnyt näkökenttää.
—**Ven un rato con nosotros, Grete** —dijo la señora Samsa.
"Tule sisään kanssamme hetkeksi, Grete", sanoi rouva Samsa.
Había una sonrisa dolorosa en sus labios mientras hablaba.
Hänen huulillaan oli tuskallinen hymy hänen puhuessaan.
Grete los siguió, pero también miró hacia el cadáver.
Grete seurasi heitä, mutta katsoi myös taakseen ruumista.
La criada cerró la puerta y abrió completamente la ventana.
Palvelija sulki oven ja avasi ikkunan kokonaan.
**Todavía era temprano, por lo que normalmente el aire
estaría frío.**
Oli vielä aamuyö, joten ilma olisi normaalisti kylmä.
Pero también había una mezcla de calidez en el aire frío.
Mutta kylmässä ilmassa oli myös lämmön sekoitus.

Como un suave recordatorio de que ya era finales de marzo.
Kuin pehmeä muistutus siitä, että nyt oli maaliskuun loppu.
Los tres inquilinos ahora también salieron de su habitación.
Myös kolme vuokralaista astuivat ulos huoneistaan.
Miraron a su alrededor con asombro en busca de su desayuno.
He katselivat ympärilleen hämmästyneinä etsien aamiaistaan.
El desayuno fue olvidado por lo que encontró la criada.
Aamiainen unohtui piian löytämän asian takia.
"¿Dónde está el desayuno?" se quejó el caballero del medio.
"Missä on aamiainen?" keskimmäinen herrasmies mutisi.
La criada se llevó el dedo a la boca para ordenar silencio.
Palvelijatar laittoi sormensa suulleen käskeäkseen hiljaisuutta.
Y ella rápidamente y en silencio saludó a los caballeros.
Ja hän vilkutti kiireesti ja hiljaa herroille.
La criada acompañó a los tres caballeros a la habitación.
Palvelijatar johdatti kolme herrasmiestä huoneeseen.
Y continuó explicándoles lo que había sucedido.
Ja hän jatkoi heille tapahtuneen selittämistä.
Y los tres caballeros estaban alrededor del cadáver de Gregor.
Ja kolme herrasmiestä seisoi Gregorin ruumiin ympärillä.
Con las manos en los bolsillos miraron hacia abajo.
Kädet taskuissa he katsoivat alas.
La luz de la mañana ahora había inundado completamente la habitación.
Aamun valo oli nyt tulvinut huoneeseen kokonaan.
Entonces se abrió la puerta del dormitorio y apareció el señor Samsa.
Sitten makuuhuoneen ovi avautui ja herra Samsa ilmestyi.
A un lado estaba su esposa y al otro su hija.
Toisella puolella oli hänen vaimonsa ja toisella puolella tyttärensä.
Para entonces el señor Samsa ya llevaba puesto su uniforme.
Herra Samsalla oli jo univormu yllään.
Se podía ver que todos habían estado llorando un poco.
Näki, että kaikki olivat itkeneet vähän.

Grete presionó su cara contra el brazo de su padre.

Grete painoi kasvonsa isänsä käsivartta vasten.

"¡Sal de mi apartamento inmediatamente!" ordenó el señor Samsa.

"Poistu asunnostani heti!" käski herra Samsa.

Y señaló la puerta sin dejar salir a las mujeres.

Ja hän osoitti ovea päästämättä naisia menemään.

"¿Qué quieres decir?" preguntó el intermediario desconcertado.

"Mitä tarkoitat?" kysyi keskimmäinen mies hämmentyneenä.

Y él hizo lo mejor que pudo para sonreír dulcemente al señor Samsa.

Ja hän teki parhaansa hymyilläkseen herra Samsalle suloisesti.

Los otros dos llevaban las manos tras la espalda.

Kaksi muuta pitivät käsiään selän takana.

Y se frotaron las manos con anticipación.

Ja he hieroivat käsiään yhteen odottaen.

Parecía que esperaban que se produjera una fuerte pelea.

He näyttivät odottavan kovaäänistä riitaa.

Pero ellos parecían estar contentos con la discusión que se avecinaba.

Mutta he näyttivät olevan iloisia tulevasta väittelystä.

Creían que la disputa sería a su favor.

He luulivat, että riita kääntyisi heidän edukseen.

"Quiero decir exactamente lo que acabo de decir", respondió el señor Samsa.

– Tarkoitan juuri sitä, mitä juuri sanoin, vastasi herra Samsa.

Caminó en línea recta con sus dos compañeros.

Hän käveli suorassa linjassa kahden seuralaisensa kanssa.

Y el señor Samsa se dirigió directamente a su caballero principal.

Ja herra Samsa lähestyi suoraan heidän johtavaa herrasmiestä.

El caballero primero se quedó quieto, mirando al suelo.

Herrasmies seisoi ensin paikoillaan ja katsoi maahan.

El contenido de su cabeza todavía estaba ordenándose.

Hänen päänsä sisältö järjestyi yhä.

—Está bien, nos vamos —dijo y miró al señor Samsa.

"Selvä, mennään", hän sanoi ja katsoi herra Samsaa.
Una nueva humildad pareció apoderarse de él de repente.
Uusi nöyryys tuntui yhtäkkiä vallanneen hänet.
Y parecía estar pidiendo permiso para esta decisión.
Ja hän näytti pyytävän lupaa tälle päätökselle.
El señor Samsa abrió mucho los ojos y asintió un poco.
Herra Samsa avasi silmänsä ammolleen ja nyökkäsi hieman.
Los caballeros obedecieron inmediatamente su orden.
Herrat noudattivat heti hänen käskyään.
Y efectivamente dieron largos pasos por el pasillo.
Ja he todellakin astuivat pitkiä askeleita käytävään.
Sus amigos ya habían dejado de frotarse las manos.
Hänen ystävänsä olivat jo lopettaneet käsiensä hieromisen.
Habían estado escuchando cómo iba la conversación.
He olivat kuunnelleet, miten keskustelu eteni.
Y ahora corrían tras él, como si tuvieran miedo.
Ja nyt he juoksivat hänen perässään, ikään kuin peloissaan.
El señor Samsa aún podría aislarlos de su líder.
Herra Samsa saattaisi silti eristää heidät johtajastaan.
Sacaron sus palos del contenedor.
He vetivät keppinsä keppirasiasta.
Y se inclinaron en silencio antes de salir del apartamento.
Ja he kumarsivat äänettömästi ennen kuin lähtivät asunnosta.
**El señor Samsa y las dos mujeres salieron del patio
delantero.**
Herra Samsa ja kaksi naista astuivat ulos etupihalle.
**Pero en realidad no tenían motivos para desconfiar de los
hombres.**
Mutta todellisuudessa heillä ei ollut mitään syytä epäillä
miehiä.
**Se apoyaron en la barandilla para comprobar si se habían
ido.**
He nojasivat kaiteeseen tarkistaakseen, olivatko he lähteneet.
**Los tres caballeros efectivamente estaban bajando las
escaleras.**
Kolme herrasmiestä todellakin laskeutuivat portaita.
En un determinado recodo de la escalera desaparecieron.

Tietyssä portaikon mutkassa ne katosivat.
Y entonces la escalera los trajo de nuevo a la vista.
Ja sitten portaikko toi heidät taas näkyviin.
Esta aparición y desaparición se repite en cada piso.
Tämä ilmestyminen ja katoaminen toistui joka kerroksessa.
Pero al final casi habían llegado al fondo.
Mutta lopulta he olivat melkein pohjalla.
Cuanto más avanzaban, más aburridos parecían.
Mitä pidemmälle he menivät, sitä epäkiinnostavammiksi he kävivät.
Todos regresaron a casa, como si se sintieran aliviados.
Kaikki palasivat kotiin kuin helpottuneina.
Decidieron aprovechar el día para descansar y salir a pasear.
He päättivät käyttää päivän lepäämiseen ja kävelylle lähtemiseen.
Sentían que merecían este descanso de su trabajo.
He kokivat ansainneensa tämän tauon työstään.
No sólo merecían este descanso, sino que lo necesitaban.
He eivät ainoastaan ansainneet tätä taukoa, he tarvitsivat sen.
Se sentaron a la mesa para escribir cartas de disculpas.
He istuutuivat pöydän ääreen kirjoittamaan anteeksipyyntökirjeitä.
El señor Samsa escribió una carta de disculpas a su dirección.
Herra Samsa kirjoitti anteeksipyyntökirjeen johdolleen.
La señora Samsa escribió su carta de disculpas a sus clientes.
Rouva Samsa kirjoitti anteeksipyyntökirjeensä asiakkailleen.
Y Grete escribió su carta de disculpa a su director.
Ja Grete kirjoitti anteeksipyyntökirjeensä rehtorilleen.
Mientras todos escribían, la criada llegó a la habitación.
Heidän kaikkien kirjoittaessa piika tuli huoneeseen.
Su trabajo de la mañana había terminado, por lo que se dirigía a casa.
Hänen aamutyönsä oli tehty, joten hän oli menossa kotiin.
Los tres escritores asintieron al principio, sin levantar la vista.
Kolme kirjoittajaa nyökkäsivät ensin katsomatta ylös.

Pero la criada no parecía querer irse todavía.

Mutta piika ei näyttänyt haluavan vielä lähteä.

Esperó un poco, hasta que los tres escritores levantaron la vista.

Hän odotti hetken, kunnes kolme kirjoittajaa katsoivat ylös.

"¿Y bien?" preguntó el señor Samsa, enojado como los demás.

"No niin?" kysyi herra Samsa vihaisena, kuten muutkin.

La criada estaba parada en la puerta con una sonrisa en su rostro.

Palvelijatar seisoi oviaukossa hymy huulillaan.

Dio la impresión de tener buenas noticias que informar.

Hän antoi ymmärtää, että hänellä oli hyviä uutisia kerrottavanaan.

Pero ella no iba a compartir la noticia a menos que se lo pidieran.

Mutta hän ei aikonut kertoa uutista, ellei häntä pyydettäisi.

La pluma de avestruz erguida sobre su sombrero se balanceaba ligeramente.

Hänen hatussaan pystyssä oleva strutsinsulka huojui hieman.

Aquella pluma de avestruz siempre había molestado al señor Samsa.

Tuo strutsinsulka oli aina ärsyttänyt herra Samsaa.

—Entonces, ¿qué quieres? —preguntó la señora Samsa con firmeza.

"No, mitä te sitten haluatte?" kysyi rouva Samsa lujasti.

La criada todavía tenía mucho respeto por la señora Samsa.

Palvelijatar kunnioitti edelleen paljon rouva Samsaa.

"Sí", respondió ella y soltó una carcajada amistosa.

"Kyllä", hän vastasi ja puhkesi ystävälliseen nauruun.

Por un momento su risa le impidió hablar.

Hetken aikaa hänen naurunsa esti häntä puhumasta.

"No tienes que preocuparte por esa cosa de al lado".

"Sinun ei tarvitse huolehtia tuosta naapurista."

"Ya he decidido cómo nos desharemos de él".

"Olen jo järjestänyt, miten pääsemme siitä eroon."

La señora Samsa y Grete continuaron escribiendo sus cartas.

Rouva Samsa ja Grete jatkoivat kirjeidensä kirjoittamista.

Pero el señor Samsa se dio cuenta de que la criada aún no había terminado.

Mutta herra Samsa huomasi, ettei piika ollut vielä lopettanut.

Ahora quería describir todo con más detalle.

Nyt hän halusi kuvailla kaiken tarkemmin.

Pero él extendió su mano para rechazar sus esfuerzos.

Mutta hän ojensi kätensä torjuakseen hänen yrityksensä.

Se dio cuenta de que no estaban interesados en sus planes.

Hän tajusi, etteivät he olleet kiinnostuneita hänen suunnitelmistaan.

Y entonces recordó la gran prisa en la que había estado.

Ja sitten hän muisti, kuinka kiireinen hän oli ollut.

"Ciao entonces", dijo ella, insultada por la falta de interés.

"Ciao sitten", hän sanoi loukkaantuneena kiinnostuksen puutteesta.

Pero antes de irse cerró la puerta de un golpe terriblemente fuerte.

Mutta ennen lähtöään hän paiskasi oven hirveän lujaa kiinni.

"La despedirán esta noche", dijo el señor Samsa.

"Hänet potkaistaan illalla", sanoi herra Samsa.

Pero su esposa y su hija estaban demasiado ocupadas para responderle.

Mutta hänen vaimonsa ja tyttärensä olivat liian kiireisiä vastatakseen hänelle.

Porque la criada había perturbado la paz recién adquirida.

Koska piika oli häirinnyt heidän juuri saavuttamaansa rauhaa.

La madre y la hija se levantaron para ir a la ventana.

Äiti ja tytär nousivat ylös mennäkseen ikkunalle.

Y abrazados se quedaron allí.

Ja kädet toistensa ympärillä he pysyivät siinä.

El señor Samsa se giró en su silla para mirarlos.

Herra Samsa kääntyi tuolissaan katsoakseen heitä.

Y por un rato los observó en silencio mientras estaban allí de pie.

Ja hetken aikaa hän katseli heitä hiljaa seisomassa siinä.

Finalmente les gritó: "¿Queréis venir a mí?"

Lopulta hän huusi heille: "Tulisitteko luokseni?"
"Olvidémonos de todas esas cosas viejas, ¿de acuerdo?"
"Unohdetaanpa kaikki vanhat jutut, eikö niin?"
"Ven a mí y dame un poco de tu atención."
"Tule luokseni ja anna minulle vähän huomiotasi."
Las dos mujeres hicieron lo que él les dijo y corrieron hacia él.
Kaksi naista tekivät niin kuin hän käski ja ryntäsivät hänen luokseen.
Le dieron un abrazo cariñoso y le besaron.
He antoivat hänelle hellän halauksen ja suukottivat häntä.
Regresaron rápidamente para terminar de escribir sus cartas.
He palasivat nopeasti kirjoittamaan kirjeensä loppuun.
Luego los tres abandonaron el apartamento juntos.
Sitten kaikki kolme poistuivat asunnosta yhdessä.
No habían salido juntos de casa desde hacía meses.
He eivät olleet lähteneet ulos kotoa yhdessä kuukausiin.
Y tomaron el tranvía hasta las afueras de la ciudad.
Ja he ottivat raitiovaunun kaupungin laitamille.
Tenían todo el vagón del tranvía para ellos solos.
Heillä oli koko raitiovaunun vaunu omassa käytössään.
La luz del sol entraba a raudales por la ventana desde el exterior.
Auringonpaiste tulvi ikkunasta sisään ulkoa.
La familia se reclinó cómodamente en sus asientos.
Perhe nojasi mukavasti taaksepäin istuimissaan.
Y discutieron las perspectivas para su futuro.
Ja he keskustelivat tulevaisuudennäkymistään.
Al examinarlos más de cerca, sus perspectivas no eran malas.
Lähemmin tarkasteltuna heidän tulevaisuudennäkymänsä eivät olleet huonot.
Los tres tenían trabajos con potencial para ganar más.
Kaikilla kolmella oli työpaikkoja, joissa oli mahdollisuus ansaita enemmän.
Nunca se habían preguntado sobre su trabajo.
He eivät olleet koskaan kysyneet toisiltaan työstään.
Pero ahora finalmente tenían tiempo para discutir esas cosas.

Mutta nyt heillä oli vihdoin aikaa keskustella tällaisista
asioista.
**También tenían la opción de mudarse a un apartamento más
pequeño.**
Heillä oli myös mahdollisuus muuttaa pienempään asuntoon.
Esto tendría el mayor impacto en sus vidas.
Tällä olisi suurin vaikutus heidän elämäänsä.
Su apartamento actual había sido elegido por Gregor.
Gregor oli valinnut heidän nykyisen asuntonsa.
Pero ahora podrían mudarse a algún lugar más asequible.
Mutta nyt he voisivat muuttaa jonnekin edullisempaan
paikkaan.
**Un apartamento más pequeño, pero en un lugar más
práctico.**
Pienempi asunto, mutta käytännöllisempi paikka.
**Hablar sobre el futuro hizo que Grete se sintiera
nuevamente más animada.**
Tulevaisuudesta puhuminen piristi Greteä jälleen.
**El señor y la señora Samsa también notaron otros cambios en
ella.**
Herra ja rouva Samsa huomasivat hänessä myös muita
muutoksia.
**Sus mejillas se habían vuelto pálidas por todas sus
preocupaciones.**
Hänen poskensa olivat kalpenneet kaikista huolista.
Pero ahora su hija se estaba convirtiendo en una bella dama.
Mutta nyt heidän tyttärestään oli tulossa kaunis nainen.
Ahora ella realmente era una joven bien formada y hermosa.
Hän oli nyt todellakin hyvin rakentunut ja komea nuori
nainen.
Sus padres guardaron silencio y admiraron a su hija.
Hänen vanhempansa hiljenivät ja ihailivat tytärtään.
Se miraron el uno al otro comunicándose inconscientemente.
He vilkaisivat toisiaan tiedostamattaan kommunikoiden.
**"Pronto llegará el momento de encontrar un buen hombre
para ella."**
"Pian on aika löytää hänelle hyvä mies."

El tranvía había llegado a su destino y redujo la velocidad.
Raitiovaunu oli saapunut määränpäähänsä ja hidasti vauhtia.
Su hija pareció confirmar sus nuevos sueños.
Heidän tyttärensä näytti vahvistavan heidän uudet
unelmansa.
Ella fue la primera en levantarse y estirar su joven cuerpo.
Hän nousi ensimmäisenä seisomaan ja venytti nuorta
vartaloaan.